D1697414

Ohne Erinnerung

Von Lee Weatherly sind bei GIRL:IT bereits erschienen:

Die Zauberlehrlinge, 2012
Pension Sadie, 2013

Ohne Erinnerung

Lee Weatherly

GIRL:IT

GIRL:IT

Besuch uns im Internet!
www.girlit.de

Titel der Originalausgabe: Kat got your tongue
© Lee Weatherly, 2006

First published as Kat Got Your Tongue
by Random House Children's Publishers UK,
a division of the Random House Group Ltd

Umschlaggestaltung: Stabenfeldt AS
Übersetzung: Maik Ebbinghaus

Umwelthinweis:
Dieses Buch wurde auf chlorfrei gebleichtem Papier gedruckt.

Herausgeber und Verlag:
© 2014 Stabenfeldt AB
GIRL:IT ist eine eingetragene Marke der Stabenfeldt AB
Redaktion und DTP/Satz: Larissa Pittelkow, Meister Verlag GmbH
Oskar-Schlemmer-Str. 11, 80807 München
Printed in Germany 2014
ISBN 978-3-944076-26-3

Kapitel 1

Kat

Das Einzige, woran ich mich noch erinnern konnte, war ein lauter Knall. Aber es tat nicht weh oder so. Es war eigentlich nur ein Geräusch, vielleicht auch nur ein Gefühl – ich konnte es nicht wirklich erklären. Doch dann flog ich durch die Luft. Ich flog tatsächlich, wie ein Vogel. Aber ich hatte keine Angst. Es war sogar toll. Ich erinnerte mich sogar, dass ich am liebsten nie damit aufgehört hätte.

Dann wurde alles dunkel. Klar, das war das reinste Klischee, aber so ist es nun einmal gewesen. Als hätte jemand das Licht ausgeschaltet. Als ich meine Augen dann wieder öffnete, lag ich mitten auf der Straße. Ich sah den blauen Himmel, ein paar Wolken und einen ganzen Ring aus besorgten Gesichtern, die auf mich herunterblickten.

Ich betrachtete sie blinzelnd und wollte jemanden fragen, was überhaupt passiert war, doch es war, als hätte ich vergessen, wie sprechen funktionierte. Der Asphalt unter meinem Kopf fühlte sich hart und uneben an und bohrte mir in den Schädel. Etwas benommen versuchte ich aufzustehen. Sofort kamen mir etwa tausend Hände entgegen, die mich wieder nach unten drückten.

„Nein, Liebes, nein!", sagte eine Frau mit rundlichem Gesicht und Brille keuchend. „Bleib einfach liegen und ruh dich aus."

„Genau. Der Rettungswagen ist bestimmt gleich hier", sagte jemand anderes.

Mich überkam Panik. Rettungswagen? Hey, Leute, es ging mir doch gut! Doch schon in demselben Moment, in dem ich das dachte, wusste etwas in mir, dass das nicht stimmte. Mein Kopf tat weh. Meine Schulter auch, ganz schön heftig sogar. Aber ich wünschte mir, es ginge mir gut und ich könnte einfach vor all diesen Leuten flüchten. Sie machten mir Angst.

Ich drückte die Hände weg und schaffte es, aufzustehen. Was keine gute Idee war. Die Welt kippte zur Seite weg und wurde für kurze Zeit unscharf. Ich fasste mir an meinen Kopf, in dem sich alles zu drehen schien, und als ich meine Hand wieder wegnahm, war sie rot und klebrig.

Es lief mir eiskalt den Rücken hinunter, und ich fing an zu zittern, als ich meine rot gefärbte Hand betrachtete. Das konnte doch gar nicht wahr sein. Das konnte doch unmöglich Blut sein! Aber was sonst? War es vielleicht Ketchup?

Es sah nicht aus wie Ketchup.

Die Frau mit dem rundlichen Gesicht packte mich am Arm. In Zeitlupe drehte ich mich zu ihr um. „Bitte, leg dich einfach wieder hin!", sagte sie schrill. „Du bist verletzt. Es ist besser, wenn du dich nicht bewegst!"

„Schon gut, schon gut", murmelte ich. Als ich mich wieder zurück auf den Boden legte, kamen von überall Hände herbei, um mich dabei zu unterstützen. Das war eine große Erleichterung, um ehrlich zu sein.

In der Ferne war eine sich nähernde Sirene zu hören. Unter Schmerzen drehte ich meinen Kopf zur Seite und sah eine Gruppe aus Mädchen in Schuluniformen, die mit Tränen in den Gesichtern am Straßenrand kauerten. Das konnte doch nur ein Albtraum sein, dachte ich benommen. Warum weinten sie, obwohl sie mich noch nicht einmal kannten? Ein kleines Mädchen mit rotblonden Zöpfen stand da und starrte mich mit kreidebleichem Gesicht an. Ich sah, wie ein dunkelhaariges Mädchen es in den Arm nahm und ihm etwas ins Ohr flüsterte.

Die Frau mit dem rundlichen Gesicht ließ sich neben mir auf den Bordstein sinken und nahm ihre Hände vors Gesicht. „Ich habe sie noch nicht einmal gesehen!", sagte sie betroffen. „Sie ist einfach auf die Straße gelaufen. Ich konnte überhaupt nicht mehr reagieren ..." Ihre Stimme versagte.

Eine andere Frau legte ihre Hand auf ihre Schulter. „Machen Sie sich keine Sorgen. Ich habe alles beobachtet, falls Sie einen

Zeugen brauchen. Sie ist Ihnen direkt vors Auto gelaufen, genau in den Scheinwerfer. Wenn Sie mich fragen ..." Dann senkte sie plötzlich ihre Stimme. Ich war mir sicher, ich hätte das Wort „Drogen" gehört.

Ich musste schlucken. Stand ich unter Drogeneinfluss? War deswegen alles so seltsam?

Bremsen quietschten, dann hörte ich das Knallen einer Tür. Die Menge machte Platz, während ein Mann und eine Frau in grünen Anzügen sich neben mir niederknieten.

„Hallo, ich bin Sue", sagte die Frau. Ihr Gesicht wirkte gepflegt und ihre blonden, langen Haare waren zu einem Pferdeschwanz zusammengebunden. „Wie heißt du denn?"

Ich wollte es ihr sagen, doch dann hielt ich inne. Denn da, wo eigentlich mein Name hätte sein müssen, war rein gar nichts.

Einfach nur überhaupt nichts.

Ich befeuchtete meine Lippen, während mich Angst beschlich. „Ich ... bin mir nicht sicher."

„Du bist dir nicht sicher?" Sie runzelte die Stirn. Dann musste sie die Panik in meinen Augen bemerkt haben, denn sie klopfte mir behutsam auf die Schulter. „In Ordnung, mach dir deswegen jetzt keine Sorgen. Alles klar, dann wollen wir mal. Nimm die andere Seite, Craig!"

Sie und der Mann legten mich auf eine Trage, dann sah Sue hinüber zu den Mädchen. „Weiß jemand von euch, wie sie heißt?"

Sie sahen einander regungslos an. Das dunkelhaarige Mädchen hatte seinen Arm noch immer um das mit den rotblonden Zöpfen gelegt.

„Und?", hakte Sue nach. „Kennt ihr sie oder nicht?"

Ein Mädchen mit blonden Locken räusperte sich. „Sie heißt Kathy Tyler."

Kathy Tyler? Ich starrte das Mädchen ganz benommen an.

„In welcher Klasse ist sie?", fragte Craig, während er den letzten Sicherungsgurt festzog.

Das blonde Mädchen zögerte und blickte zu den anderen. „Achte", sagte es schließlich. Sein Gesicht war ganz blass. „Wird ... wird sie wieder gesund?"

Sue antwortete ihm nicht. „In der Schule weiß man bestimmt ihre Anschrift", sagte sie zu Craig. „Lass uns losfahren."

Auf dem Weg zum Krankenhaus machte Sue mir vorsichtig das Gesicht sauber. Ich versuchte, nicht darüber nachzudenken, wie knallrot der Lappen danach war. Sie nahm meinen Puls und leuchtete mir mit einer kleinen Taschenlampe in die Augen. Die Sirene heulte laut und übertönte so ziemlich jedes andere Geräusch um uns herum.

Kathy Tyler, dachte ich immer wieder. Kathy Tyler.

Das klang ziemlich langweilig, wie der Name einer Figur aus einem schlechten Film. Zum Beispiel der einer amerikanischen Cheerleaderin, die von einem Monster gefressen wird. Er fühlte sich überhaupt nicht an, als hätte er auch nur das Geringste mit mir zu tun. Hatten diese Mädchen mich wirklich erkannt? Oder hatten sie sich das nur ausgedacht?

Ich jammerte, als Sue mir einen Verband um die Stirn legte. Mir tat alles weh. Meine Schulter fühlte sich an, als würde jemand hineinstechen.

„Weißt du noch, was passiert ist?", fragte Sue. Es gab ein leises Geräusch, als Sue ein Stück Klebeband von der Rolle abriss. „Das Auto muss dich einige Meter weit geschleudert haben."

Ich erinnerte mich an meinen Flug durch die Luft und mir wurde schlecht.

„Ich weiß es nicht", antwortete ich. „Diese Frau hat gesagt, ich wäre ihr einfach vors Auto gelaufen. Aber warum hätte ich das tun sollen? Glauben Sie, dass ich unter Drogen stehe?" Ich umklammerte fest den Rand der Decke, die sie über mich gelegt hatten.

Sie fixierte behutsam, aber entschlossen den Verband. „Ich habe nicht den Eindruck, aber im Krankenhaus wird man noch ein paar Tests machen, um sicherzugehen."

Ich befeuchtete meine Lippen. Sie schmeckten salzig. „Aber ... warum kann ich mich denn an nichts mehr erinnern?"

Sie legte die Stirn in Falten und betrachtete meinen Kopf. „Vielleicht kommt das ja nur vom Schock."

Ich musste schlucken.

Sue drückte meine Hand. „Mach dir keine Sorgen. Craig hat schon per Funk im Krankenhaus Bescheid gesagt, dass sie in deiner Schule anrufen sollen. Deine Mutter wird also bestimmt schon bald da sein."

Meine Mutter? Ich hatte plötzlich das Gefühl, ins Taumeln zu geraten und ins Bodenlose zu fallen. Ich kniff meine Augen fest zusammen und konnte vor Angst nicht mehr sprechen.

Ich wusste nicht mehr, wer meine Mutter war.

Ich konnte hören, dass Craig vorne ins Funkgerät sprach. „Voraussichtliche Ankunft acht Uhr fünfzehn."

Dann wurde der Wagen langsamer und bog ab.

„Jetzt sind wir gleich da", sagte Sue. „Dann bringen wir dich ruckzuck wieder in Ordnung."

Es war nur der Schock, sagte ich zu mir selbst, während ich meine Augen fest geschlossen hielt. Nur der Schock.

Als wir am Krankenhaus ankamen, hoben Sue und Craig mich aus dem Rettungswagen. Wie von Geisterhand verwandelte sich die Trage in einen fahrbaren Untersatz, als plötzlich Räder aus ihrer Unterseite herausklappten.

„Also, dann wollen wir mal", sagte Sue und manövrierte mich ins Gebäude.

Immer wieder drehte ich meinen Kopf in alle Richtungen und sah mich um. Ich hoffte inständig, dass ich irgendwo eine Frau entdecken würde, von der ich wusste, dass sie meine Mutter war, und dass dadurch alle Erinnerungen nach und nach zurückkommen würden.

Im Gebäude kam eine Krankenschwester mit gekräuselten, dunklen Haaren herbeigeeilt und unterhielt sich mit Craig. Ich drehte meinen Kopf in ihre Richtung und versuchte, ihr Gespräch mitzuhören. „... wurde von einem Auto angefahren ... Kopfverletzungen nicht so schlimm ... kann sich aber an nichts erinnern ..."

Sue streichelte meinen Arm. „Alles wird gut", sagte sie. Dann waren sie und Craig plötzlich verschwunden, und ich wurde von der Krankenschwester weggefahren.

„So, dann wollen wir doch mal sehen, was wir für dich tun können", sagte sie und schob mich durch einen langen weißen Korridor.

Ich musste schwer schlucken und gab mir große Mühe, nicht zu weinen. Ich war schrecklich einsam und kam mir vor, als wäre ich der einzige Mensch auf der ganzen Welt. Was natürlich ziemlich dumm war, denn schließlich war ich ja von unzähligen Leuten umgeben – überall wimmelten Ärzte und Krankenschwestern herum wie fleißige Ameisen.

„Ist meine Mutter hier?", fragte ich.

„Wie bitte?" Die Schwester beugte ihren Kopf ganz weit zu mir herunter, ohne stehenzubleiben.

„Meine Mutter, ist sie hier?", wiederholte ich etwas lauter.

„Oh, das glaube ich nicht. Jedenfalls nicht so schnell. aber du wirst sie bestimmt bald sehen."

Die Schwester brachte mich in einen Untersuchungsraum, dann drückten und pieksten sie und ein Arzt eine Ewigkeit lang an mir herum. Zuerst untersuchten sie meinen Kopf, dann nähten sie die Wunde auf meiner Stirn. Unterdessen stellten sie mir ständig irgendwelche Fragen und wollten wissen, auf welcher Schule ich war, wie meine Mutter mit Vornamen hieß und so weiter.

„Ich weiß es nicht, ich weiß es nicht", antwortete ich immer wieder. Ich kam mir so dumm vor und meine Angst wurde immer größer. Was war nur los mit mir? Diese Fragen musste eigentlich jeder beantworten können. Schließlich sollte ich noch in einen Schlauch pusten und in einen Plastikbecher pinkeln.

„Möchtest du, dass ich dir dabei helfe?", fragte mich die Schwester.

Meine Wangen wurden feuerrot. „Nein, danke."

Als ich dann auf der Toilette war, wünschte ich mir fast, ich hätte Ja gesagt. In meinem Kopf drehte sich alles, und ich musste mich am Griff für Behinderte festhalten, um mein Gleichgewicht nicht zu verlieren. Schnell setzte ich mich auf die Toilette und versuchte, den Plastikbecher so festzuhalten, dass nichts danebenging. Aber meine Schulter tat weh, und ich konnte den Becher nicht ganz gerade halten, also ging natürlich trotzdem einiges daneben und fast hätte ich mich übergeben müssen.

Hinterher wusch ich meine Hände etwa ein Dutzend Mal und benutzte dazu die schäumende, pinkfarbene Seife aus dem Spender an der Wand. Während das warme Wasser über meine Hände lief, betrachtete ich mich im Spiegel – und erstarrte vor Schreck.

Die Person, die ich da im Spiegel erblickte, hatte ich noch nie zuvor gesehen.

Sie hatte große, grüne Augen und gewelltes, braunes Haar, das ihr bis über die Schultern reichte. Ihr Kinn erinnerte an das einer Katze. Genau genommen erinnerte ihr gesamtes Gesicht mit seinen schrägen Wangenknochen und der kleinen Nase an das einer Katze. Ihre Nase und ihre Wangen waren mit hellen Sommersprossen übersät und auf ihrer Stirn prangte ein mit Blut verschmierter Verband.

Ich starrte sie an. Sie trug dieselbe schwarze Schuluniform wie die Mädchen aus der Gruppe vorhin. Ich versuchte verzweifelt, mich an irgendetwas zu erinnern, das länger als eine halbe Stunde her war. Irgendetwas, ganz egal, was. „Denk doch mal nach", schrie ich mich selbst an. „Komm schon, gib dir doch mal ein bisschen Mühe!"

Aber da war nur ein schwarzes Loch. Ich kannte diese Person nicht. Ich wusste nicht das Geringste über sie.

Die Krankenschwester klopfte an die Tür. „Alles in Ordnung bei dir?"

Schnell wandte ich meinen Blick vom Spiegel ab und bekam fast ein schlechtes Gewissen. „Ja, ich komme gleich."

Etwa eine Stunde später saß ich – mit einer Art Nachthemd aus Papier bekleidet – auf einem Untersuchungstisch und versuchte, mein Zittern zu unterdrücken. Meine Schulter hatte beim Aufprall wohl eine ziemlich große Verletzung abbekommen, aber das war zum Glück nur eine Schürfwunde, wie sich später herausstellte.

„Du wirst sie eine Weile lang nicht so gut bewegen können, das ist alles", sagte der Arzt. Es war schon wieder ein anderer Arzt, nicht derselbe, der meine Wunde auf der Stirn genäht hatte. Dieser hier war schon älter und hatte einen ziemlich dicken Bauch, einen dichten, grauen Bart und sehr ausgeprägte Augenbrauen. „Du musst Übungen machen, damit sie nicht steif wird. Und zwar jeden Tag!"

„Hm. In Ordnung." Ich fing an, an einem Fingernagel herumzukauen, doch dann hörte ich sofort wieder damit auf, als ich bemerkte, dass meine Fingernägel schon fast vollständig abgekaut waren. Die Person, die ich im Spiegel gesehen hatte, diese Kathy Tyler, hatte mir kaum noch etwas davon übriggelassen.

Der Arzt hielt ein großes Foto ins Licht und runzelte die Stirn. Sie hatten mich in diese Maschine, die sie MRT nannten, gesteckt – das war eine riesige Röhre, die Aufnahmen von meinem Gehirn gemacht hatte. Ich hatte mich dabei gefühlt, als würde ich von einem summenden und pulsierenden Alien aufgefressen.

„Also ..." Der Arzt legte das Foto beiseite und sah mich ernst an. „Was deine Kopfverletzung angeht ..."

Er hielt inne, als eine Krankenschwester ihren Kopf durch die Tür streckte und sagte: „Herr Doktor, Miss Yates ist jetzt hier."

Er runzelte die Stirn und sah sie fragend an.

„Kathys Mutter."

Ich schluckte. Meine Kehle schnürte sich total zusammen. Wieso hieß sie Miss Yates, wenn ich Tyler hieß? Was hatte das wohl zu bedeuten? War sie von meinem Vater geschieden – wer auch immer er war? Und wer war sie überhaupt?

„Oh, natürlich." Der Arzt sah mich an. „Ich komme in einer Minute zurück. Wir müssen nur kurz deiner Mutter Bescheid geben, was passiert ist."

Ich schaffte es, kurz zu nicken, dann verließ er das Zimmer. Ich umklammerte den Rand des Untersuchungstischs. Ich fühlte mich, als würde ich sofort abheben und mich in den Weltraum hineindrehen, falls ich auch nur für einen kurzen Moment den Tisch losließ. „Bitte, lass alles wieder gut werden", dachte ich. „Bitte lass meine Mutter dafür sorgen, dass alles wieder in Ordnung kommt." Ja, diese Gedanken waren möglicherweise ein bisschen kindisch, aber das war mir in diesem Augenblick völlig egal.

Ein paar Minuten später ging die Tür wieder auf und der Arzt kam zurück. Eine schlanke, dunkelhaarige Frau folgte ihm. Sie hatte genau dasselbe markante Kinn, das ich vorher im Spiegel gesehen hatte, aber ihre Nase war länger und sie hatte keine Sommersprossen.

Sie rannte direkt zu mir. „Kathy, Liebes, geht es dir gut?" Dann wollte sie mich umarmen, doch sie hielt abrupt inne und ließ es sein. „Warte, ist das dein verletzter Arm? Oh, du Ärmste! Was ist denn überhaupt passiert?"

Ich betrachtete sie und ließ ihr Gesicht eine Weile auf mich wirken. Mama. Das war meine Mutter. Aber es ging mir mit ihr genauso wie mit Kathy Tyler; sie schien mir vollkommen fremd zu sein.

„Kathy?", sagte die Frau. Sie legte die Stirn in Falten und berührte meine Haare. „Kathy, was ist denn los?"

Ich schluckte und schüttelte meinen Kopf. Sprechen konnte ich nicht.

Sie sah besorgt den Arzt an. „Sie sagten, sie sei verwirrt. Was ist denn los mit ihr?"

Er nahm noch einmal das MRT-Foto in die Hand und hielt es gegen das Licht. „Das wissen wir noch nicht genau. Das Ergebnis des Drogentests war negativ, deswegen haben wir ein MRT gemacht, obwohl es keine äußerlichen Hinweise auf ein Schädeltrauma gibt. Aber auch hier war nichts auffällig. Die Wunde auf ihrer Stirn sieht viel schlimmer aus, als sie in Wirklichkeit ist; sie ist nicht sehr tief."

Mein Herz fing an zu pochen. „Und warum kann ich mich dann an rein gar nichts erinnern?", platzte es aus mir heraus.

Die kahle Stelle auf dem Kopf des Arztes glänzte in dem grellen Licht, als er sich zu mir umdrehte. „Na ja ... vielleicht kannst du uns das ja sagen. Hast du irgendwelchen Ärger in der Schule? Oder vielleicht Probleme mit deinen Freunden?"

Freunde. Noch so ein schwarzes Loch. Ich erinnerte mich an die Mädchen am Straßenrand. Waren sie vielleicht meine Freundinnen? Sie hatten sich nicht unbedingt so verhalten.

„Ich weiß es nicht", antwortete ich und zog meine Ellbogen an den Körper. „Ich erinnere mich an überhaupt nichts von der Schule. Und an sonst auch nichts."

Die Frau – meine Mutter – nahm meine Hand und beugte sich zu mir. „Aber Kathy, du erinnerst dich doch an mich, oder?"

Ich schüttelte meinen Kopf und konnte ihr nicht ins Gesicht sehen. „Nein."

„Du ... kannst dich nicht an mich erinnern?" Sie umklammerte meine Hand fester und riss ihre braunen Augen weit auf. Und plötzlich wurde mir klar, dass sie überhaupt nichts dafür tun konnte, dass es mir wieder besser ging. Es war so dumm und kindisch von mir gewesen, das auch nur einen Moment lang zu glauben.

Ich versuchte, meine Tränen zurückzuhalten und nahm meine

Hand weg. Ihre Fingernägel gruben sich in meine Haut, was ziemlich wehtat. Dann hielt sie sich ihre Hand vor den Mund „Kathy, aber du ...“

„Nein. Ich erinnere mich nicht.“

Schweigen. Ich konnte spüren, dass sie mich ansah. Sie schien das kaum glauben zu können.

Ich starrte hinunter auf meine Füße und fühlte mich schrecklich. Aber ich kannte sie wirklich nicht! Was hätte ich denn sonst sagen sollen?

Der Arzt betrachtete noch einmal die Aufnahme. „Am besten behalten wir dich erst mal für einen oder zwei Tage lang hier. Zur Beobachtung“, sagte er widerwillig. „Und in der Zwischenzeit wird sich ein Psychiater mit dir unterhalten.“

Beim letzten Teil hatte seine Stimme künstlich beiläufig geklungen, als wäre das das Normalste auf der ganzen Welt.

Na toll, dachte ich, während mir die Tränen in die Augen schossen. Jetzt hatte ich nicht nur ein riesiges, schwarzes Loch an der Stelle, an der meine Erinnerung hätte sein sollen, nein, jetzt war ich auch noch verrückt.

Die Decke der Kinderstation war mit Sternen dekoriert und an der Wand hingen Tapeten mit einem Bären-Motiv. Das machte alles irgendwie noch schlimmer.

Die Krankenschwester gab mir ein Hemd aus Baumwolle, als Ersatz für das aus Papier. „Nimm das, ich helfe dir beim Umziehen“, sagte sie.

Ich wurde rot. „Das kann ich alleine.“

Die Schwester lächelte. „Normalerweise kannst du das vermutlich alleine, aber mit deiner steifen Schulter dürfte es wohl ein bisschen schwierig werden.“

Ich zögerte, denn sie hatte natürlich recht. Auch wenn meine Schulter vermutlich nur geprellt war, fühlte sie sich an, als wäre ein Amboss daraufgefallen. Ich konnte meinen linken Arm kaum bewegen.

„Ich kann dir doch helfen“, bot meine Mutter vorsichtig an. Sie stand neben mir und hatte ihre Arme verschränkt, als wollte sie sich selbst umarmen.

Unsere Blicke trafen sich, aber ich sah schnell weg.

„Nein, hm, danke … Sie kann mir ja helfen, das ist schon in Ordnung." Ich nickte der Krankenschwester zu und war erleichtert, als sie den Vorhang um das Bett herum zuzog und meine Mutter außen vor ließ. Ich konnte nichts dagegen tun. Mein Verstand wusste zwar, dass sie meine Mutter war, aber ich hatte mich gefühlt, als hätte mir eine völlig fremde Person ihre Hilfe beim Umziehen angeboten. Bei der Krankenschwester war das etwas anderes. Es war ja schließlich ihr Job.

Nachdem die Schwester den Raum wieder verlassen hatte, setzte sich meine Mutter zu mir ans Bett und versuchte zu lächeln. „Hast du den Vorhang lieber offen oder geschlossen?"

„Geschlossen." Ein Teil von mir wollte, dass er offen blieb – ich hörte, dass irgendwo auf der Kinderstation ein Fernseher lief – aber ich konnte die Vorstellung nicht ertragen, mich mit irgendjemandem unterhalten zu müssen. Was, wenn jemand mich fragte, was mit mir los war?

Meine Mutter saß zusammengekauert auf der Kante ihres Stuhls. „Ich bin mir sicher, dass das nur vorübergehend ist." Sie fummelte an einem silbernen Ring an ihrem Finger herum. „Der Arzt sagt, dass es wahrscheinlich von dem Schock kommt, den der Unfall bei dir ausgelöst hat …"

Ich nickte und starrte auf meine Hände. Meine Fingernägel sahen wirklich schlimm aus. Kathy hatte sie nicht nur vollständig abgekaut, sie hatte auch die Nagelbetten so sehr angeknabbert, dass sie ganz rau und ausgefranst waren.

Nein, ich musste mich korrigieren! *Ich* hatte das getan. Ich war das gewesen.

Meine Mutter versuchte immer noch, gute Miene zum bösen Spiel zu machen. Sie strich mit einer Hand ihre recht kurzen, dunklen Haare zurück. „Wir haben solches Glück, dass dir nicht noch viel Schlimmeres passiert ist. Das Auto muss wirklich sehr schnell gewesen sein, als es dich erfasst hat."

„Was ist denn passiert?", fragte ich. „Wie hat es mich denn erwischt?"

Sie schüttelte ihren Kopf. „Ich habe mich mit der Fahrerin unterhalten, aber sie weiß es nicht. Du bist ihr wohl einfach vors Auto gelaufen. Sie vermutet, dass du bei Rot über die Ampel gehen wolltest."

„Oh", erwiderte ich. Bei Rot über die Ampel gehen? War ich wirklich so dumm gewesen?

Meine Mutter strich mir die Haare zurück. „Wichtig ist nur, dass es dir gut geht." Sie versuchte zu lächeln. „Dein Gedächtnis kommt bestimmt schon ganz bald wieder zurück."

Ich drehte mich zu ihr um und musterte ihr Gesicht. Es gab wohl keinen Zweifel – sie war sich absolut sicher, dass sie meine Mutter war, und das galt auch für alle anderen. Aber ich konnte es einfach nicht spüren. Ich empfand überhaupt nichts für sie.

Ich räusperte mich. „Hm, hör mal zu ... Ich ... weiß rein gar nichts über mich. Oder über dich. Könntest du ...?

Der Bettvorhang wurde geöffnet. Eine pummelige Frau mittleren Alters stand plötzlich vor uns und sah uns an. Sie hatte dunkelblond gefärbte Haare. „Hallo, ich bin Dr. Perrin. Ich möchte mich mit Kathy unterhalten."

„Oh", sagte meine Mutter und warf mir einen Blick zu. „Soll ich gehen?"

Dr. Perrin lächelte und zeigte dabei fast ihr gesamtes Gebiss. „Ja bitte, wenn es Ihnen nichts ausmacht. Wir werden etwa eine Stunde brauchen."

Meine Mutter stand auf. Ihre Arme hingen hilflos an ihrem Körper herunter. „Nun, dann werde ich wohl mal kurz nach Hause fahren. Ich komme so gegen zwei wieder zurück."

Nach Hause? „Wo sind wir eigentlich?", fragte ich und fummelte an meinem Laken herum. „In welcher Stadt, meine ich?"

Sie blickte zu Dr. Perrin. Die nickte. „Wir sind hier in Basingstoke", sagte sie dann. „In Hampshire."

„Oh", erwiderte ich leise. Irgendwie kam es mir vor, als hätte ich das schon einmal gehört, aber es war nicht mehr als ein Name für mich, zu dem ich keinerlei Bezug hatte.

Meine Mutter berührte meinen Arm. „Wir unterhalten uns dann später", flüsterte sie.

Nachdem sie gegangen war, ließ Dr. Perrin sich auf dem nun freien Stuhl nieder. „Also schön. Weißt du denn, was ein Psychiater ist?"

„Ja", antwortete ich kurz und knapp. Am liebsten hätte ich ihr gesagt, dass mein Problem eher darin bestand, dass ich nicht wusste, wer *ich* eigentlich war. Aber ich war ja nicht blöd.

„Sehr gut. Ich würde dir gerne ein paar Fragen stellen, in Ordnung?" Sie lehnte sich auf dem Stuhl zurück und schlug ihre dicken Beine übereinander. Dann nahm sie einen Stift in die Hand und hielt ihn über ein Klemmbrett. „Kannst du mir sagen, wie du heißt?"

Ich sagte es ihr, und sie nickte.

„Konntest du dich schon direkt nach dem Aufwachen an deinen Namen erinnern?"

„Nein."

„Weißt du, welches Jahr wir haben?"

Noch so ein schwarzes Loch. Ich kniff meine Lippen zusammen und versuchte nachzudenken. „Hm ... 2004?"

Mir war klar, dass das vermutlich falsch war, aber sie sagte nichts. Stattdessen kritzelte sie mit ihrem Stift auf dem Papier herum. „Kannst du mir sagen, wie alt du bist?"

Ich schluckte. „Ich glaube ... also, ich meine ... Vermutlich bin ich ein Teenager, aber ich weiß nicht genau, wie alt ich bin."

Es folgten noch mindestens hundert Fragen, eine nach der anderen. Ob ich meine Adresse kannte; meinen zweiten Vornamen; wer Premierminister war; was sechzehn geteilt durch zwei ergab ... Das war leicht, aber bei den meisten der anderen Fragen musste ich passen.

Es gab eine Pause, und Dr. Perrin kritzelte wieder etwas aufs Papier. Ich blickte hinauf zu den Sternen an der Decke. Ich sah sie alle völlig verschwommen. Draußen im Fernsehen lief irgendein Kinderprogramm. Ich hörte die Stimme eines kleinen Mädchens, das ein Lied mitsang, in dem es um einen Regenbogen ging. Jemand anderes weinte. Das konnte ich gut verstehen.

Schließlich steckte Dr. Perrin die Kappe wieder auf ihren Stift und wollte aufstehen. „Gut, Kathy, ich denke, das war's fürs Erste."

Ich setzte mich gerade hin und ignorierte die stechenden Schmerzen in meinem Kopf. „Aber was fehlt mir denn nun?"

Sie zögerte kurz, dann setzte sie sich wieder hin. „Nun, du hast offenbar einen klassischen Fall von retrograder Amnesie."

Diese Worte fühlten sich an wie Spinnen, die an meinen Armen hochkrabbelten. „Was ist das denn?", flüsterte ich.

„Einfach ausgedrückt heißt das, dass man sich nicht mehr

daran erinnern kann, wer man ist. Manchmal vergisst man auch anderes, wie zum Beispiel Dinge, die man in der Schule gelernt hat. Und auch das scheint bei dir bis zu einem gewissen Grad der Fall zu sein. Du weißt nicht mehr, wie der Premierminister heißt, aber du kannst noch rechnen und lesen. Außerdem weißt du vermutlich noch, wie man sich die Schuhe bindet, wie man Messer und Gabel benutzt und all so was eben."

Aha. Das hörte sich ja geradezu so an, als hätte ich überglücklich darüber sein müssen, dass ich mir noch die Schuhe binden konnte. Ich wischte mir die Augen ab und war richtig sauer, dass sie so ruhig blieb, während sie das alles sagte. „Aber ... ich weiß überhaupt nichts darüber, wer ich bin, richtig?"

„Nein. Genau das bedeutet retrograde Amnesie."

„Wird das so bleiben?"

Dr. Perrin tätschelte meine Hand. Das hatten sie ihr bestimmt auf der Uni so beigebracht. „Das ist schwer zu sagen", antwortete sie. „Diese Art der Amnesie wird normalerweise durch ein Trauma verursacht. In deinem Fall könnte das der Autounfall gewesen sein. In der Regel verschwindet sie wieder, aber ich habe auch schon von Fällen gehört, in denen das nicht so war. Vermutlich wirst du dein Gedächtnis im Lauf der Zeit nach und nach zurückgewinnen."

Vermutlich. Na, prima.

Ich lag bei zugezogenem Vorhang in meinem Bett und lauschte dem Fernsehprogramm. Meine Wangen waren schon wieder feucht, denn immer wieder schossen mir Tränen in die Augen. Ich wischte mir mit der Hand übers Gesicht. Ich war nicht wirklich traurig – es ging mir nur einfach nicht besonders gut.

Nein, streng genommen ging es mir überhaupt nicht gut.

Von draußen hörte es sich an, als hätte sich jemand die Fernbedienung geschnappt und würde völlig unsinnig darauf herumdrücken. „Aufständische Soldaten haben vermutlich ... Sag mal, wann hast du eigentlich herausgefunden, dass deine Frau ... Nur jetzt, für kurze Zeit ..."

Plötzlich verstummten die Stimmen und wunderschöne Musik erklang. Es war schwer, sie zu beschreiben. Sie klang irgendwie bedeutsam und großartig, wie Wellen des Ozeans, die am Ufer brachen. Oder wie ein Ritt durch den Wald auf einem Wildpferd. Ich schloss meine Augen und ließ mich von der Musik davontreiben. Meine Muskeln entspannten sich völlig.

„Hey, doch nicht das! Soll das ein Witz sein?", rief plötzlich jemand und der Kanal wurde wieder gewechselt. Dann erfüllten die Stimmen von Comicfiguren die Kinderstation.

Ich setzte mich auf, beugte mich nach vorne und zog den Vorhang auf. „Schaltet wieder zurück!", rief ich.

Ein halbes Dutzend Gesichter starrten mich erschrocken an. „Wohin zurück?", fragte das Mädchen im Bett neben mir. Es war etwa in meinem Alter und hatte blonde Haare. Eines seiner Beine war fixiert und es hatte die Fernbedienung in der Hand.

Meine Wangen glühten fast. Ich kam mir total blöd dabei vor, aber ich musste es einfach sagen: „Zurück zur Musik."

Meine Bettnachbarin rümpfte die Nase. „Zur Musik? Die hatte ich doch nur angemacht, um die Kleinen zu ärgern." Aber sie drückte trotzdem auf die Taste der Fernbedienung und plötzlich waren im Fernsehen wieder Dutzende von Musikern zu sehen, die in einem Halbkreis dasaßen. Vor ihnen stand ein Dirigent, der mit den Armen wedelte, und die Musik erfüllte wieder den Raum.

Ich ließ mich zurück auf mein Kopfkissen sinken und sog sie in mir auf. Es währte allerdings nicht besonders lang. Schon nach etwa einer Minute rief ein Junge vom anderen Ende der Kinderstation: „Hey, müssen wir uns das wirklich ansehen?"

Sofort stimmten vier andere mit ein und riefen: „Genau, das nervt! Schaltet wieder zurück auf den Zeichentrick-Kanal!"

Das Mädchen neben mir zuckte mit den Schultern. „Die Truppen werden wohl langsam unruhig."

„Meinetwegen, dann schalt doch wieder um." Ich versuchte beiläufig zu klingen. Als sie den Kanal wieder wechselte, zog ich meinen Vorhang wieder zu und vergrub meinen Kopf unter dem Kissen.

Als meine Mutter später wieder zurückkam, war ein Mann mit lockigen, rotbraunen Haaren und Koteletten bei ihr. Er war extrem groß und trug einen blauen Pulli mit einem Motiv tanzender Eisbären. „Kathy, weißt du denn, wer das ist?", fragte meine

Mutter, während sie sich die Jacke auszog und sich hinsetzte. Ihre braunen Haare waren vom Wind ganz strubbelig und ihr Nasenspitze war gerötet.

Der Mann holte sich einen Stuhl und brachte ihn ans Bett. Er zwinkerte mir zu, als er den Vorhang um uns herum zuzog. „Wenn du es beim ersten Mal errätst, bekommst du einen Preis!"

Fast hätte ich lachen müssen, obwohl in diesem Augenblick eigentlich nichts besonders amüsant für mich war. Ich wusste noch nicht einmal, warum.

„Bist du ... mein Vater?", fragte ich. Mein Herz pochte. Ich hoffte, dass er es war. Er hatte ein so freundliches Lächeln und warme, freundliche Augen.

„Nein." Der Mann setzte sich auf den Stuhl und strich sich grinsend die Haare aus dem Gesicht. Seine Beine wirkten in der ausgebleichten Jeans unendlich lang.

Die Wangen meiner Mutter röteten sich ein wenig. „Nein, hm ... oh, Kathy, es tut mir leid. Ich hätte das erklären sollen. Das ist Richard, mein Freund. Dein Vater und ich sind ... geschieden." Jetzt wurde sie richtig rot. Schnell blickte sie hinunter zu ihrer Handtasche, öffnete den Verschluss und verstaute ihren Schlüsselbund darin.

„Hallo", sagte Richard und streckte mir seine Hand entgegen. „Schön, dich kennenzulernen."

Zögerlich schüttelte ich seine Hand und fragte mich währenddessen, wer wohl dann mein Vater war.

Noch bevor ich nach ihm fragen konnte, holte meine Mutter etwas aus einer weißen Tragetasche. „Sieh mal, wir haben dir das hier mitgebracht, um es dir zu zeigen. Es sind ein paar Fotos von zu Hause. Der Arzt hat gesagt, dass dir das vielleicht dabei helfen könnte, dich wieder an etwas zu erinnern."

Sie legte ein kleines, blaues Buch auf meinen Schoß und schlug es auf. „Das bist du, als du drei warst. Erkennst du dich wieder?"

Ich betrachtete das Bild. Ein kleines Mädchen saß in einem blauen Badeanzug am Strand und baute eine Sandburg. Es hatte dieselben dunklen, lockigen Haare, die ich im Spiegel gesehen hatte, und vermutlich auch dieselben grünen Augen. Das konnte ich nicht erkennen, denn es hatte die Augen ganz zugekniffen.

Vielleicht hatte die Sonne es geblendet oder es hatte sich angestrengt konzentriert.

Ich berührte das Foto am Rand und versuchte mir klarzumachen, dass es ein Bild von mir war. Das war ein Stück meiner Vergangenheit aus dem schwarzen Loch. Doch für mich war das nur ein kleines Mädchen namens Kathy, das ich noch nie zuvor gesehen hatte.

„War das in Basingstoke?", fragte ich schließlich.

Meine Mutter sah mich an. „Nein, in Brighton ... Wir haben früher dort gewohnt. Du hast den Strand geliebt. Wir haben uns oft etwas zu Essen mitgenommen und sind den ganzen Tag lang dort geblieben."

Mir fiel nichts ein, was ich hätte sagen können. Mir war klar, dass es Tausende von Fragen gab, die ich hätte stellen müssen, aber irgendwie erschien mir das alles überhaupt nicht real. Das Mädchen auf dem Foto hätte genauso gut irgendjemand anderes sein können.

Niemand regte sich oder sagte etwas, also blätterte ich irgendwann einfach um. Meine Mutter machte einen langen Hals und betrachtete das nächste Bild. „Das war dein sechster Geburtstag. Sieh mal, da ist auch dein Plüsch-Panda. Erinnerst du dich an ihn? Du hast ihn Barney getauft und ihn überall hin mitgenommen."

Das Mädchen auf dem Foto war nun größer, trug einen Party-Hut und umklammerte grinsend einen schwarz-weißen Plüschbären. Der Mund des Mädchens war mit Schokolade verschmiert und es war von Dutzenden anderen Mädchen umgeben, die mit kleinen Plastik-Puppen in die Kamera winkten.

„Und sieh mal, Kathy, ich habe dir Barney sogar mitgebracht!"

Meine Mutter holte einen ziemlich vergammelt aussehenden Plüschbären aus der Tragetasche und gab ihn mir. Dann lehnte sie sich zurück und lächelte mich erwartungsvoll an.

Richard warf ihr einen Blick zu und legte seine Hand auf ihr Knie.

Ich hielt Barney hoch, befeuchtete meine Lippen und wünschte mir so sehr, ich könnte auch nur das Geringste empfinden. Aber irgendwie war er nur ein schmuddeliges, altes Spielzeug für mich, das schon ziemlich grau und heruntergekommen aussah.

Seine Ohren hingen herunter und eines seiner gelben Augen fehlte. Es konnte schon sein, dass ich Barney ganz toll gefunden hatte, als ich sechs gewesen war, aber jetzt würde ich ihn ganz bestimmt nicht mehr überallhin mitnehmen.

„Erinnerst du dich an ihn?", fragte meine Mutter und beugte sich nach vorne. Sie sah mich auffordernd an.

Ich schüttelte meinen Kopf. „Hm, kann ich mir jetzt das nächste Foto ansehen?"

Ihre Mundwinkel fielen herunter. „Oh … ja … natürlich." Sie griff vorsichtig nach vorne und nahm Barney wieder zu sich. Sie streichelte ihm über den Kopf, während sie ihn zurück in die Tragetasche steckte.

Richard zwinkerte mir zu, gab einen Seufzer von sich und lächelte Barney an, der oben aus der Tasche guckte. Wenigstens einer, der nicht so tat, als würde die Welt untergehen, wenn ich einen Plüsch-Panda nicht wiedererkannte.

Das Mädchen auf der nächsten Seite war wieder ein bisschen älter, vielleicht acht oder neun. Es stand in einem blauen Kleid auf einer Bühne und spielte Violine. Die Scheinwerfer strahlten ihm direkt ins Gesicht. Seine Knie waren leicht gebeugt und es hatte die Augenbrauen eng zusammengezogen, während es spielte.

Ich fuhr mit dem Finger über das Foto. „Ich … spiele Violine?"

Meine Mutter nickte. „Du warst ja so talentiert, Kathy. Weißt du, du hattest schon mit zehn die fünfte Stufe erreicht."

„Was bedeutet das denn?"

„Das ist eine Art Test", erklärte Richard. „Darin kann man zeigen, wie gut man ist. Und wenn du mit zehn schon die fünfte Stufe erreicht hattest, dann bedeutet das einfach nur, dass du eine kleine Meistergeigerin warst."

Warst? „Spiele ich denn nicht mehr?"

Meine Mutter seufzte und rieb sich das Kinn. „Hm, nein, du spielst schon seit ein paar Jahren nicht mehr."

Ich betrachtete das Foto. Das Mädchen machte einen so leidenschaftlichen Eindruck und schien völlig in die Musik versunken zu sein. „Warum denn nicht?"

„Na ja, das weiß ich nicht so genau. Du hast wohl einfach irgendwann das Interesse daran verloren.

Meine Mutter beugte sich näher zu dem Foto, und ich erkannte einige kleine graue Strähnen in ihren Haaren.

Offenbar versetzte sie sich innerlich gerade zurück in die Zeit, in der ihre Tochter noch gewusst hatte, wer sie war, und in der sie virtuos Geige gespielt hatte.

Mein Magen zog sich zusammen. Ich fing an, diese Fotos ernsthaft zu hassen.

Schließlich blätterte meine Mutter weiter – und ich hielt den Atem an. Da war ich. Ich trug eine schwarz-weiße Schuluniform und lächelte direkt in die Kamera. Es war dasselbe Gesicht, das ich zuvor im Spiegel gesehen hatte. Und zwar exakt dasselbe. Dieselben blassen Sommersprossen, dieselben Augen und dieselben Haare.

„Das war vor etwa zwei Monaten, kurz vor Weihnachten", sagte meine Mutter ruhig.

„Und wie alt bin ich dann?" Ich musste immerzu auf das Foto starren. Ich. Das war ich. Und dabei hatte ich noch nicht einmal die geringste Ahnung, wer ich überhaupt war.

„Dreizehn."

Ich betrachtete dieses flache, lächelnde Gesicht und wünschte mir, ich könnte in den Kopf auf dem Foto hineinkriechen und herausfinden, was darin vor sich ging. Aber er war wie von einer riesigen, unsichtbaren Mauer umgeben, mit Stacheldraht und Warnschildern, die mir klarmachten, dass ich mich davon fernzuhalten hatte. Ich klappte das Album zu und wollte nichts mehr sehen.

Schweigen. Meine Mutter wollte etwas sagen, aber sie hielt inne und senkte ihren Blick.

„Das braucht einfach nur ein bisschen Zeit", sagte Richard ganz ruhig. „Entweder deine Erinnerung kommt zurück oder eben nicht, so einfach ist das. Wir werden damit schon irgendwie klarkommen, so oder so. Nicht wahr, Beth?"

Meine Mutter nickte, und ihre Haare fielen sacht auf ihre Schultern. „Natürlich! Wir wollten dich auf keinen Fall unter Druck setzen. Es ist nur, dass der Arzt gesagt hat ..." Ihre Stimme versagte.

„Ist Beth dein Vorname?" Ich stütze mich auf dem Kissen ab und setzte mich auf.

Sie versuchte zu lächeln. „Eigentlich Elizabeth, aber alle nennen mich Beth."

„Oh", erwiderte ich. Ich behielt das, was ich dachte, für mich. Am liebsten hätte ich sie nämlich Beth genannt. „Mama" klang einfach zu komisch. Ich kannte sie ja noch nicht einmal.

„Was ist denn los mit dir?", fragte das blonde Mädchen aus dem Nachbarbett. Es schlang sein Essen in sich hinein, als hätte es seit seiner Einlieferung noch nichts bekommen.

Ich nahm mir etwas Reis, um ein bisschen Zeit zu schinden. Seit Beth und Richard gegangen waren, hatte ich das Gefühl, mir würde jeden Moment die Decke auf den Kopf fallen, deswegen hatte ich die Krankenschwester gebeten, den Vorhang offen zu lassen, während ich aß. Was wohl ein großer Fehler gewesen war. Ich hätte wissen müssen, was dann passieren würde. Schließlich schluckte ich den Reis hinunter und zeigte auf meine verbundene Stirn. „Ich bin hingefallen."

Das Mädchen riss die Augen auf. „Ach. Hast du eine Gehirnerschütterung?"

Ich zuckte mit den Schultern und blickte auf den Fernseher an der Wand. Der Ton war ausgeschaltet und das, was da lief, sah ziemlich langweilig aus – Männer in Anzügen, die miteinander diskutierten.

„Wie heißt du eigentlich?", fragte das Mädchen. „Ich bin Sarah."

„Ich heiße ... hm ..." Ich hielt inne. Der Name Kathy wollte mir einfach nicht über die Lippen gehen. Es ging einfach nicht. Er fühlte sich an, als hätte er nicht das Geringste mit mir zu tun. Ich senkte meinen Blick, starrte mein Essen an und stocherte mit der Gabel in den Erbsen herum. „Hm, also eigentlich heiße ich Katherine, aber ..."

Sarah fing an zu lachen. „Katherine! Wie geschmackvoll. Ist das etwa eine Erklärung dafür, dass du langweilige klassische Musik magst?"

Ich ließ von den Erbsen ab und sah sie aufgeregt an. Sie hatte recht. Auch wenn der gesamte Rest meiner ganzen Vergangenheit für mich ein riesengroßes, schwarzes Loch war, so gab es doch etwas über mich, das ich wusste. Ich mochte klassische

Musik. Vielleicht mochte ich nicht jede klassische Musik, aber die von heute Nachmittag mochte ich auf jeden Fall.

Ich lächelte in mich hinein. „Ich werde nicht Katherine genannt."

„Wie denn? Etwa Kathy?"

Ich schüttelte meinen Kopf, während Sarah den letzten Senfrest von ihrem Plastik-Teller kratzte und dann den Löffel ableckte. „Soll ich etwa raten? Also gut, dann lass mich mal nachdenken. Kath? Katie? Kat?"

Kat. Meine Schultern entspannten sich. Das fühlte sich richtig an.

Ich grinste. „Ja. Du hast es erraten. Ich heiße Kat."

Kapitel 2

Kathy

7. Januar

Heute ist der große Tag. Der Tag seines Einzugs. Ich wusste ja, dass es irgendwann so weit sein würde, aber ich kann mich einfach nicht damit abfinden. Warum muss er unbedingt hier wohnen? Warum können sie sich nicht einfach weiterhin verabreden, wie sie das bisher auch getan haben? Es ist mir egal, wenn er ab und zu über Nacht bleibt, aber ich will einfach nur nicht, dass er hier einzieht! Das ist unser Zuhause, Mamas und meins, und es hat überhaupt nichts mit ihm zu tun!

Unten ist das komplette Chaos ausgebrochen – überall liegen Pappkartons herum, wild verstreut über den ganzen Boden und den Esszimmertisch. Sogar auf dem Aquarium liegen welche! Ich wollte mir nur schnell etwas zu essen holen und wäre fast aus den Latschen gekippt, weil ich fast nichts mehr wiedererkannt hätte. Richard schleppte immer mehr Kisten an, lächelte mich an und sagte: „Willst du mir nicht helfen?"

Nicht wirklich. Ich gab ihm keine Antwort, sondern ging stattdessen weiter zur Küche. Danach ging ich wieder nach oben und knallte meine Tür zu, was Mama offenbar überhört hat, denn sonst wäre sie sicher direkt zu mir gekommen und hätte mich angeschnauzt.

Im Augenblick lasse ich Robbie Williams auf voller Lautstärke laufen, damit ich mir diesen ganzen Rummel nicht ständig anhören muss und mir einreden kann, alles wäre genau wie sonst auch.

Später

Mama hat gerade ihren Kopf zur Tür hereingestreckt und mich zum Abendessen gerufen. Ich habe ihr gesagt, ich hätte keinen Hunger, woraufhin sie mich ziemlich gereizt angesehen und gesagt hat, ich sollte in zehn Minuten nach unten kommen, weil Richard zur Feier des Tages einen besonderen Einzugstee für uns alle gekocht hätte. Erwachsene können so dumm sein! Als ob die Tatsache, dass er hier einzieht, für mich ein Grund zum Feiern wäre!

9. Januar

Poppy und Jade kamen heute nach der Schule vorbei. Ich schämte mich so, dass sie dieses ganze Chaos im Erdgeschoss sehen mussten! Richards Kisten liegen immer noch überall herum. Dann musste ich mich sogar noch mehr schämen, denn Richard selbst kam aus der Küche. Und ich hatte gedacht, er wäre auf der Arbeit! Aber nein, er hatte sich den Nachmittag offenbar frei genommen, um fertig auszupacken. Großartig. Er begrüßte uns, dann zeigte er Poppy und Jade einen seiner albernen Kartentricks. Ich wäre am liebsten auf der Stelle im Erdboden versunken, aber Poppy und Jade hatten offenbar ihren Spaß. Irgendwann schaffte ich es dann doch, sie endlich mit hoch in mein Zimmer zu nehmen, und Jade sagte: „Hey, er ist ja so nett! Du hast ja wirklich ein Riesenglück."

Sie verstand es einfach nicht. Und Poppy auch nicht. Ich versuchte ihnen zu erklären, wie ich mich fühle, aber Poppy meinte nur, der Freund ihrer Mutter wäre ein totaler Loser und ich sollte dankbar sein, weil es noch viel schlimmer hätte kommen können. Ich antwortete: „Klar, der Freund deiner Mutter wohnt ja auch nicht bei euch. Das ist etwas völlig anderes."

Jade sagte dann: „Oh, vielleicht heiraten sie ja und feiern eine große Hochzeit! Dann kannst du die Brautjungfer sein!" Sie und Poppy fingen an, über Kleider zu reden. Und über die Blumen, die zu meinen Haaren passen würden. Also mal ehrlich! Ich habe sie gebeten, damit aufzuhören, aber sie wollten einfach nicht auf mich hören, also legte ich schließlich eine CD ein und drehte sie voll auf, um ihre Stimmen zu übertönen.

Sie verstanden diesen Hinweis, und Poppy wollte das Thema wechseln, aber Jade wurde dann plötzlich total pampig und sagte, ich wäre viel zu egoistisch und solle mich lieber für meine Mutter freuen, dass sie mit Richard so glücklich ist. Du meine Güte! Ich will ja nicht, dass sie sich nicht mehr mit ihm trifft. Wen interessiert das schon? Er soll nur einfach nicht hier einziehen. Er ist nicht mein Vater und er hat einfach kein Recht dazu.

Aber ich wollte auf keinen Fall mit ihnen über meinen Vater sprechen. Auf gar keinen Fall! Sie wissen nicht das Geringste über ihn, und außerdem habe ich auch überhaupt keine große Lust, über das alles genauer nachzudenken. Also lachte ich nur und sagte zynisch: „Oh ja, ich finde es total toll, dass meine Mutter einen Typen hat, der aussieht wie Elvis."

Jade erwiderte ziemlich schnippisch irgendetwas, und so ging es dann eine ganze Weile lang hin und her. Wir beide wurden immer giftiger und Poppy übernahm die Rolle der Schlichterin, was ja meistens irgendwann passierte. Allerdings war sie mehr auf Jades Seite als auf meiner. Ich merkte ihr deutlich an, dass sie mich unvernünftig fand. Es endete damit, dass sie schließlich genervt davonstapften, und Jade mir vorwarf, hysterisch und egoistisch zu sein. Ausgerechnet sie musste das sagen …

Nachdem sie gegangen waren, holte ich Cat heraus und fing an zu weinen. Ich konnte nichts dagegen tun. Es ist so unfair, dass sie noch nicht einmal versuchen, mich zu verstehen. Klar, kann schon sein, dass ich ihnen nicht alles gesagt habe, über Papa und all das, aber sie hätten trotzdem versuchen müssen, mich zu verstehen, anstatt einfach nur zu behaupten, ich wäre egoistisch.

Später

Das gemeinsame Abendessen war ein totaler Albtraum. Meine Augen waren gerötet, und ich habe gesehen, dass Mama das bemerkt hat. Richard hat natürlich einfach immer weiter geredet, einen blöden Witz nach dem anderen gerissen und mit aller Gewalt versucht, mich zum Lachen zu bringen. Warum kann er mich nicht einfach in Ruhe lassen? Er hatte Lasagne, mein Lieblingsessen, gekocht, aber dann wollte er gar nicht mehr damit aufhören, daraus ein Riesending zu machen und mit einem albernen, aufgesetzten italienischen Akzent über seine ganz speziellen Zutaten zu philosophieren. Ich ignorierte ihn einfach. Später, als Mama und ich zusammen den Abwasch machten, sagte sie, dass das bestimmt alles nicht leicht für mich sei, aber dass wir uns mit der Zeit schon alle aneinander gewöhnen würden. Und bis dahin solle ich bitte versuchen, so nett wie möglich zu Richard zu sein, denn er hätte mich wirklich sehr gern.

Ach, wie rührend. Ich bin ja ganz verzückt.

„Wir werden uns mit der Zeit schon alle aneinander gewöhnen." Klar, das muss ja wahnsinnig schwer für sie sein. Schließlich ist das doch das Einzige, was sie will.

10. Januar

Als ich heute Morgen in die Schule kam, sah ich Jade und Poppy, die ein Stück weiter vorne gingen. Also rannte ich los, um sie einzuholen, und entschuldigte mich bei Jade. Auch sie entschuldigte sich. Das haben wir schon so oft so gemacht, seit wir miteinander befreundet sind, dass es keine große Sache mehr ist. Aber dann sagte ich ihnen, worüber ich am Abend zuvor nachgedacht hatte und dass ich finde, dass sie etwas mehr Verständnis für mich haben sollten. Ich sagte es ganz nett und vernünftig, aber das machte keinen Unterschied. Jade warf nur ihre Haare zurück und sagte: „Oh nein, nicht das schon wieder!"

Poppy sagte ihr, sie solle still sein, und fragte mich: „Kathy, was ist denn los? Wieso magst du ihn denn nicht?"

Ich wollte es ihr gerne erklären, aber alles, was ich hervorbringen konnte, war: „Das ist unser Haus, er gehört da einfach nicht hin."

Jade verdrehte genervt die Augen, aber auch Poppy machte nicht gerade einen überzeugten Eindruck.

Also sagte ich, sie sollten die Sache vergessen, sie verstünden es ja sowieso nicht. Jade lachte nur und erwiderte, es mache tatsächlich keinen Sinn, wenn ich keine besseren Argumente hätte als die, die ich gerade genannt hatte. Dann fing auch Poppy an zu lachen, und auch wenn ich mir vorgenommen hatte, ruhig zu bleiben und mich nicht aufzuregen, dachte ich, ich müsste jeden Moment anfangen zu weinen. Also ging ich schnell weg, ohne auch nur ein einziges weiteres Wort zu verlieren. Sie ließen mich einfach gehen. Und so etwas nennt man dann Freunde.

Beim Mittagessen fanden wir wieder etwas besser zueinander, aber ich redete nicht viel. Ich musste immerzu an Richard denken und daran, dass er nun bei uns wohnte. Als ob er mein Vater wäre. Ich will das nicht! Am liebsten hätte ich losgeheult oder geschrien oder wenigstens irgendetwas getan, aber das konnte ich nicht, denn sie hätten es nicht verstanden. Also sagte ich überhaupt nichts. Doch dann behauptete Jade, ich hätte schlechte Laune, also lächelte ich und entgegnete: „Nein, habe ich nicht. Ich bin nur ruhig."

Streng genommen war heute ein schrecklicher Tag.

Wir haben eine neue Mitschülerin bekommen. Sie heißt Tina McNutt und es schien ihr noch viel schlechter zu gehen als mir. Sie hat sie rotblonde Zöpfe. Sie tat mir jedenfalls irgendwie leid, und zwar nicht nur wegen des Namens und wegen der Frisur. Mitten im Schuljahr die Schule zu wechseln ist ja so ziemlich das Schlimmste, was einem überhaupt passieren kann.

11. Januar

Jade sagte, ich sei eine richtige Spaßbremse geworden und ich solle mal langsam aufhören, immer so schlecht gelaunt zu sein und mich lieber um andere Sachen kümmern. Ich bin mir sicher, dass Poppy das auch so sieht, auch wenn sie mich mitleidig ansah und sagte: „Oh, Jade!"

Auch hier zu Hause ist alles immer noch total *toll*. Mama hat so langsam die Nase voll von mir, auch wenn sie immer wieder versucht, verständnisvoll und geduldig zu wirken. Na ja, sie wird lange darauf warten können, dass ich über all das hier glücklich bin.

Offenbar hat Richard die Küche jetzt vollständig übernommen. Er hat jede Menge Töpfe, Pfannen und sonstige Küchenutensilien eingeräumt, von diesem riesigen, hölzernen Messerblock mit den vielen Messern ganz zu schweigen. Als er bemerkte, dass ich ihn ansah, sagte er: „Keine Sorge, die benutze ich nicht, wenn ich wütend bin."

Meine Güte. Er hält sich wohl für witzig. Das ist er aber nicht. Ich sagte ihm, ich hätte mich nur gefragt, wo er seine Kochschürze wohl versteckt habe.

12. Januar

Ich glaube es einfach nicht! Mrs Boucher rief mich heute in ihr Büro und sagte mir, dass sie mich dazu ausgewählt habe, Tina McNutt bei der Eingewöhnung in die neue Schule behilflich zu sein, was bedeutet, dass ich nun mit ihr zusammen in den Unterricht gehen und ihr all meine Freundinnen und Klassenkameraden vorstellen muss. Normalerweise würde mir das ja nichts ausmachen, aber gerade jetzt ist mir überhaupt nicht danach zumute.

Ich habe zurzeit wirklich mehr als genug mit mir selbst zu tun.

Ich versuchte zwar, Mrs Boucher das irgendwie klarzumachen, indem ich ihr erklärte, ich hätte ja so wahnsinnig viele Hausaufgaben zu machen und all das, aber sie erwiderte nur: „Na und? Was hat das denn damit zu tun, dass du Tina alles zeigst und sie deinen Freundinnen vorstellst?" Also hatte ich keine Wahl. Dann sagte sie noch, dass sie mich für die am meisten geeignete Person hielt, weil ich ja ganz genau wisse, wie es sei, mitten im Schuljahr auf eine neue Schule zu kommen. So ein Mist!

Sie will, dass Tina und ich uns morgen in ihrem Büro treffen, um uns kennenzulernen. Großartig. Zu jedem anderen Zeitpunkt hätte mir das ja nichts ausgemacht, aber warum musste das denn ausgerechnet jetzt sein?

Jetzt, wo ich sie schon am Hals habe, habe ich Tina den ganzen Nachmittag beobachtet. Sie ist ziemlich klein, hat diese schrecklichen, rotblonden Zöpfe und eine gehäkelte Handtasche mit einer großen, lilafarbenen Blume auf der Vorderseite – wie altmodisch! Sie hat zwar ständig diesen besorgten Gesichtsausdruck, aber sie macht den Eindruck, als könnte man mit ihr eine Menge Spaß haben, wenn man sie erst mal besser kennengelernt hat.

Was ja auch für mich gilt. Es ist einfach nicht gerecht – wenn man in meinem Alter ist, hört einem einfach niemand richtig zu.

Richard und Mama sind ins Kino gegangen. Sie hatten mich gefragt, ob ich mitkommen wollte, aber ich wollte nicht. Als ob ich Lust darauf hätte, hinter den beiden herzulaufen, und alle denken zu lassen, Richard wäre mein Vater. Nein, danke! Mal ganz davon abgesehen, dass ich mir dann den ganzen Abend lang nicht nur seine blöden Witze hätte anhören müssen, sondern auch Mamas albernes Lachen über fast alles, was er sagt.

Wie zum Beispiel, als sie aufbrachen. Richard nahm ihren Mantel von der Garderobe und hielt ihn ihr zum Reinschlüpfen hin, als wäre sie ein Filmstar oder so etwas. Dann sagte er: „Das königliche Gewand", und zwinkerte mir zu. Igitt. Ich versuchte zu ignorieren, wie er ihr über die Arme rieb, nachdem er ihr in den Mantel geholfen hatte.

Jetzt sitze ich unten und habe den Fernseher zur Abwechslung mal ganz für mich alleine.

Endlich Ruhe und Frieden! Hurra!

13. Januar

Heute hatte ich mein Treffen mit Tina und Mrs Boucher. Ich glaube, Tina ist ganz in Ordnung. Wir unterhielten uns darüber, woher sie kommt (irgendein kleines Dorf in Shropshire, von dem ich noch nie gehört habe) und was sie so macht. Sie spielt Violine. Das macht ihr offenbar Spaß. Sehr großen Spaß sogar, denn ihre Augen leuchteten die ganze Zeit, während sie mir von ihren Übungen erzählte. Sie hat gerade erst die dritte Stufe erreicht.

Ich fand es irgendwie lustig, mit welcher Begeisterung sie davon erzählte, und sagte nur: „Oh, das ist toll." Sonst nichts. Als sie mich dann fragte, was ich gerne mache, sagte ich: „Lesen und schwimmen."

Am Montagmorgen soll ich mich mit ihr am Haupteingang treffen, um sie zum Unterricht zu begleiten und sie allen vorzustellen. Über Poppy und Jade habe ich ihr schon alles erzählt – dass sie schon von Anfang an meine besten Freundinnen sind, seit Mama und ich vor zwei Jahren hierhergezogen sind. Ich glaube, ich habe ein bisschen angegeben, weil ich ihr unbedingt klarmachen wollte, was für tolle Freundinnen ich habe.

Später

Warum muss sie nur ausgerechnet Violine spielen?

Kapitel 3

Kat

Das Haus von Beth und Richard war genau wie alle anderen in dieser Gegend – ein Reihenhaus aus rotem Stein an einer belebten Straße. Die Fenster waren weiß gestrichen und der Vorgarten war gekiest und es stand ein großer Blumentopf mit einer stachelig aussehenden Pflanze darin.

„Oh, wir haben Glück ... Es gibt einen freien Parkplatz direkt hier." Beth manövrierte das Auto in eine freie Lücke vor dem Haus und warf mir ein kurzes, unsicheres Lächeln zu. „Manchmal müssen wir ewig lange um die Blocks fahren, bis wir einen freien Parkplatz gefunden haben. Wenn man hier wohnt, wird man irgendwann ziemlich gut im Einparken."

Ich hatte nur zwei Tage lang im Krankenhaus bleiben müssen, dann hatte man mir gesagt, ich könne genauso gut nach Hause gehen, weil eine geprellte Schulter und eine Platzwunde an der Stirn nicht unbedingt lebensbedrohlich seien. Aber ich solle mich auch weiterhin mit Dr. Perrin treffen. Weil ich ja offensichtlich verrückt war.

Ich musste schlucken. Als man mir gesagt hatte, dass ich nach Hause gehen konnte, hatte Beth mir ein paar frische Sachen zum Anziehen ins Krankenhaus gebracht – einen weißen Slip und einen BH, dazu eine enge Jeans und ein gemustertes, schwarzrotes Oberteil. Die Sachen passten mir perfekt, auch wenn ich sie noch nie zuvor gesehen hatte.

„Erkennst du es wieder?" Beth musterte mich und versuchte, nicht allzu besorgt zu wirken.

Mir wurde klar, dass ich nur dagesessen und das Haus angestarrt hatte. Ich öffnete meinen Sicherheitsgurt, was mit der geprellten Schulter gar nicht so leicht war. „Nein, nicht wirklich." Ich erkannte es überhaupt nicht wieder.

Wir beide waren alleine miteinander. Richard war noch auf der Arbeit. Beth arbeitete zu Hause. Sie machte etwas, das sie Coaching nannte. Das bedeutete, dass sie anderen Menschen Ratschläge gab, wie sie ihr Leben führen sollten.

In diesem Moment sah sie allerdings eher so aus, als könnte sie selbst ein paar gute Ratschläge gebrauchen.

Sie atmete tief durch, dann öffnete sie schwungvoll die Eingangstür. „Hier wären wir also. Das ist dein Zuhause." Sie zog ihre Jacke aus und hängte sie an einem Haken an der Wand auf. Wahrscheinlich bemerkte sie, dass ich zögerte, denn sie zeigte auf eine Tür rechts von uns.

„Dort ist das Wohnzimmer. Direkt dahinter sind Esszimmer und Küche. Die Schlafzimmer sind oben und ..." Plötzlich fing sie an zu lachen und strich sich die Haare aus dem Gesicht. „Oh, das ist einfach zu komisch! Ich gebe meiner eigenen Tochter eine Führung durch unser Haus!"

Na ja, ich fand das überhaupt nicht komisch. Ich sah dieses Haus zum allerersten Mal. Ich ging zur Wohnzimmertür und warf einen Blick in den Raum. Er war mit einem grauen Teppichboden ausgelegt, der fast überhaupt keine Gebrauchsspuren erkennen ließ, und ein riesiges blaues Sofa und ein Sessel befanden sich darin. In einer Ecke gab es ein Klavier, auf dessen Deckel einige Fotos standen.

Beth folgte mir. „Erkennst du ... Ich meine, kommt dir irgendetwas davon bekannt vor?"

Ich schüttelte meinen Kopf und wünschte mir, sie würde aufhören, mich das ständig zu fragen.

„Nein? Na ja ... Macht ja nichts. Dann lass uns doch erst mal einen Tee trinken, okay?"

Sie führte mich in die Küche. Die Wände waren in einem leuchtenden Cremeton gestrichen und an einem Ende des Raums stand eine Sitzgruppe vor einem Erkerfenster, von dem aus man in den Garten sehen konnte.

Beth schaltete einen schwarzen Wasserkocher ein. „Holst du

uns bitte die Tassen, Kathy? Oh, entschuldige, ich meine natürlich Kat." Sie versuchte zu lächeln. Sie war von meinem neuen Namen nicht gerade begeistert.

Ich ließ meinen Blick über die vielen hellen Holzschränke gleiten, aber es hatte natürlich überhaupt keinen Sinn. „Hm, ich habe keine Ahnung, wo sie sind."

„Oh! Tut mir leid, das habe ich ja ganz vergessen. Sie sind genau hinter dir." Beth zwang sich zu einem Lachen, während sie eine der Schranktüren öffnete. „Siehst du? Das ist hier ist deine Lieblingstasse." Sie zeigte auf eine Tasse mit gelben Rosen und drehte sie so, dass sich der Griff im perfekten Winkel zu mir befand. Auch der Griff war mit gelben Rosen verziert.

Sie gefiel mir nicht besonders, aber es machte wohl keinen Sinn, darüber zu diskutieren. Also nahm ich mir die Tasse mit den Rosen aus dem Schrank. „Und welche ist deine?" Wo wir schon gerade bei Lieblingstassen waren ...

Sie winkte ab. „Oh, mir ist das egal. Gib mir einfach irgendeine."

Ich wählte eine mit tanzenden Clowns und stand schweigend da, während Beth das kochende Wasser über die Teebeutel goss.

Sie schob mir über die Arbeitsplatte eine Zuckerdose zu.

Ich schüttelte den Kopf und rührte etwas Milch in meinen Tee.

„Aber du nimmst doch sonst auch immer ..." Sie verkniff sich den Rest und lächelte stattdessen. „Na, dann ... Wollen wir uns nicht hinsetzen? Letztes Jahr haben wir uns diese kleine Essecke einbauen lassen, damit wir nicht immer im Wohnzimmer sitzen müssen. Man kann jetzt einfach hier sitzen und in den Garten sehen."

Ich blickte hinüber zu dem gelben Tisch und den gelben Stühlen und stellte mir vor, dort zu sitzen und mich mit ihr unterhalten zu müssen. „Hm ... Könnte ich vielleicht mein Zimmer sehen?"

Beth stellte ihre Teetasse so schnell ab, dass etwas Tee über den Rand schwappte. „Oh, ja! Du willst natürlich wissen, wo du wohnst. Und wo du schläfst. Wie unaufmerksam von mir."

Sie wirkte so nervös, dass ich fast ein schlechtes Gewissen bekam. „Das ist schon in Ordnung. Ich muss es ja nicht jetzt sofort sehen."

„Nein, nein, schon gut. Komm mit, hier entlang."

Ich folgte Beth durch das Haus. Der gesamte Flur und das Treppenhaus waren mit demselben grauen Teppich, der mich irgendwie an nebliges, verregnetes Wetter erinnerte, ausgelegt.

„Das hier ist dein Zimmer", sagte Beth und blieb vor der letzten Tür auf der rechten Seite der oberen Etage stehen. „Und dort ist das Bad." Sie zeigte auf eine Tür am anderen Ende des Flurs. „Hier ist mein Arbeitszimmer und dort unser Schlafzimmer."

Ich nickte und merkte mir fürs Erste nur, wo das Bad war. Den Rest konnte ich mir später immer noch merken. Schließlich würde ich ja wohl noch eine Weile lang hierbleiben, oder? Ich wohnte ja hier.

Der Gedanke daran schnürte mir die Kehle zu. Ich wusste nicht, was ich fühlen oder denken sollte und wollte plötzlich nur noch, dass sie mich alleine ließ. „Okay, danke", brachte ich heraus. „Ich würde jetzt gerne ein kleines Nickerchen machen, wenn das in Ordnung ist. Ich bin ganz schön müde."

Beth bekam einen ganz zerknitterten Gesichtsausdruck. „Oh, Kathy ..." Sie fiel mir plötzlich um den Hals, umarmte mich ganz fest und stieß einen heftigen Seufzer aus.

Ich wurde ganz steif. Ich konnte nichts dagegen tun.

Einen Moment später ließ sie mich wieder los und sah mich an. „Tut mir leid, das wollte ich nicht ... Ich lasse dich jetzt einfach alleine, in Ordnung? Ich rufe dich dann zum Essen."

Mit schnellen Schritten ging sie die Treppe wieder hinunter. Ich stand alleine im Flur, schluckte und musterte die Tür. Auf ihr befanden sich Blumen-Aufkleber. Ein Teil von mir starb fast vor Neugier, der andere Teil wäre am liebsten ganz schnell weggelaufen.

Ich öffnete meine Zimmertür, blieb im Türrahmen stehen und ließ alles erst mal auf mich wirken. Das Zimmer war ziemlich klein, fast wie die Kabine eines Raumschiffs. Darin stand ein Bett mit weißer Bettwäsche und Barney, der Plüsch-Panda, lag auf dem Kopfkissen. Über dem Bett war ein langes Regalbrett angebracht, das mit Büchern und CDs vollgestopft war. An der gegenüberliegenden Wand standen ein Schreibtisch mit einem Computer und ein Kleiderschrank. Jede Menge Poster.

Noch vor wenigen Tagen hatte ich hier gewohnt. Ich war Kathy gewesen. Ich hatte in diesem Bett gelegen, an diesem Schreibtisch gesessen und nachgedacht ... Aber über was nur?

Ich ging langsam ins Zimmer, schloss die Tür hinter mir und lehnte mich zurück. Ich betrachtete eines der Poster. Grüblerische, dunkle Augen und schwarze Haare – vielleicht ein Schauspieler?

Schließlich fand ich den Mut, den Kleiderschrank zu öffnen. Darin befanden sich ein paar schwarz-weiße Schuluniformen und noch jede Menge andere Klamotten. Ich hatte fast Angst davor, sie zu berühren. Mir war, als würde jeden Moment die richtige Kathy ins Zimmer kommen und zu mir sagen: „Hey, was machst du da? Lass deine Finger von meinen Sachen!"

Zögerlich schob ich einige der Kleiderbügel über die Stange und musterte die verschiedenen Oberteile und Röcke. Einige der Sachen waren ganz okay, wie zum Beispiel ein hellblaues Top, das mir ganz gut gefiel, aber im Großen und Ganzen sah es fast so aus, als wäre eine schwere, dunkle Gewitterwolke im Kleiderschrank explodiert. Ein schwarzer Rollkragenpullover mit eng anliegenden Ärmeln. Ein brauner Minirock. Ein enges, schwarzes T-Shirt. Es war absolut deprimierend.

Ich erreichte das Ende und ließ meine Hand sinken. „Gewöhn dich daran", dachte ich. „Schließlich bist du ja diejenige, die diese Sachen ausgesucht hat, auch wenn du dich nicht mehr daran erinnern kannst." Ich bezweifelte stark, dass Beth bereit sein würde, mich vollständig neu einzukleiden.

Ich seufzte und schloss die Schranktür. Aber ich hatte keine Ahnung, was ich als Nächstes tun sollte. Ich verschränkte meine Arme, ließ mich auf den Boden sinken und blickte mich um. Die Wunde auf meiner Stirn tat weh. Alles war so still. Es war richtig gruselig.

Schließlich stand ich wieder auf und ging zum Schreibtisch. Ich hoffte, dass ich irgendwelche Unterlagen aus der Schule oder sonst irgendetwas darauf hatte liegen lassen, aber nein, alles war total ordentlich weggeräumt. Und irgendwie brachte ich es einfach nicht übers Herz, eine der Schubladen aufzumachen. Klar, das war blöd von mir, aber ich konnte es einfach nicht. Ich wäre mir wie eine Einbrecherin vorgekommen.

Also drehte ich mich stattdessen um und betrachtete mir die

Bücher auf dem Regal. Jede Menge Liebesgeschichten – was für eine Überraschung! Die CD-Hüllen klapperten gegeneinander, während ich sie durchsah. Nichts davon erinnerte auch nur ansatzweise an das überwältigende Konzert, das ich im Krankenhaus gesehen hatte. Aber ich hatte doch Violine gespielt! Man hätte doch meinen sollen, dass ich auch noch andere Musik hörte als nur Pop.

Offensichtlich nicht. Also wusste ich noch immer nichts über mein altes Ich.

Ich schnappte mir irgendeine der CDs und legte sie in den CD-Player. Von dem Getöse aus Gitarren und Schlagzeug, das mir aus den Lautsprechern entgegendröhnte, bekam ich fast einen Hörsturz. Ich drehte die Lautstärke herunter und nahm einen der Liebesromane aus dem Regal. Dann zog ich meine Turnschuhe aus, räumte Barney beiseite und machte es mir auf dem Bett gemütlich.

Während ich das Buch aufschlug, dachte ich traurig, dass diese Amnesie ja auch wenigstens eine gute Sache mit sich brachte: Ich konnte mich nicht mehr daran erinnern, wie diese Geschichte ausging.

Ich musste eingeschlafen sein, denn das Nächste, das ich bemerkte, war, dass es dunkel war und die CD nicht mehr lief. Das Buch lag auf meinem Brustkorb. Ich gähnte und streckte mich, dann ließ ich das Buch mit einem dumpfen Schlag auf den Boden fallen und setzte mich auf.

Beth stand im Türrahmen und beobachtete mich mit einem reglosen Gesichtsausdruck.

Als sie sah, dass ich wach war, fing sie an zu lächeln. „Das Essen ist fertig." Als ich mich vom Bett rutschen ließ, streckte sie einen Arm nach mir aus, nahm ihn aber schnell wieder weg. „Richard hat dein Lieblingsessen gemacht", fügte sie hoffnungsvoll hinzu.

Ich konnte ihr ja schlecht sagen, dass ich keine Ahnung hatte, was mein Lieblingsessen war. „Toll. Also, ich meine ... vielen Dank."

Richard saß schon am Esstisch, als wir nach unten kamen. Ich setze mich auf den freien Platz, und er grinste mich an.

Das Kerzenlicht ließ seine rötlichen Haare glänzen. „Hast du gut geschlafen?"

Ich nickte und sah ihn schüchtern an. Meine Muskeln entkrampften sich. Richard machte einen so ausgeglichenen Eindruck. Er war zufrieden, wenn ich mich an etwas erinnerte, und wenn nicht, dann war er auch zufrieden. Ich hatte großes Glück, dass er hier war und ich nicht mit Beth alleine sein musste!

Wie sich herausstellte, war mein Lieblingsessen Lasagne mit Knoblauchbrot. Es schmeckte tatsächlich sehr lecker, aber ich war viel zu aufgeregt, um es wirklich zu genießen. Während ich aß, blickte ich immerzu auf meinen Teller und war mir ganz schrecklich über jedes Geräusch bewusst, das mein Messer und meine Gabel verursachten.

Plötzlich beugte sich Beth nach vorne und lächelte. „Oh, Kat, ich hätte ja fast vergessen, es dir zu sagen ... Nana und Jim wollen, dass wir sie so bald wie möglich besuchen kommen." Als sie meinen leeren Gesichtsausdruck bemerkte, sackten ihre Schultern ein wenig zusammen, doch sie lächelte tapfer weiter. „Das sind deine Großeltern", erklärte sie. „Meine Eltern. Sie haben ganz viele Fotos und andere Dinge, die sie dir gerne zeigen wollen."

„Oh." Ich hatte plötzlich überhaupt keinen Hunger mehr und legte meine Gabel auf den Teller. Hervorragend. Noch mehr Menschen, die ich nicht kannte und die mir Fotos zeigten, während sie mich hoffnungsvoll anstarrten. Ich konnte es kaum erwarten.

„Könnte ich mich nicht lieber mit meinem Vater treffen?", fragte ich. Dann sah ich Richard und Beth abwechselnd an. „Ich meine ... Weiß er denn überhaupt, dass ich mein Gedächtnis verloren habe?"

Beth hatte gerade einen Schluck Wein trinken wollen, doch sie hielt nun inne und stellte ihr Glas wieder hin. „Kathy, es gibt da etwas, das ich dir sagen muss."

„Kat", flüsterte ich.

Sie schüttelte ungeduldig ihren Kopf. „Kat, ich ... Ich wollte dir das nicht sagen, solange du im Krankenhaus warst, weil ..." Ihre Stimme versagte und sie blickte zu Richard.

„Beth hat gehofft, dass dein Gedächtnis zurückkommt und

wir dir das nicht erklären müssen", sagte er. Er sah mich traurig an und schwenkte den Rotwein in seinem Glas.

„Was erklären?" Ich setzte mich auf und ignorierte die Schmerzen in meiner Schulter.

Beth seufzte. „Kat, dein Vater ... Dein Vater ist vor über zwei Jahren von uns gegangen."

Von uns gegangen. Ich verstand nicht sofort, was sie damit meinte. Es hörte sich irgendwie komisch an. Ich brauchte einen Moment, um zu es verstehen. Er war tot.

Tot.

„Oh." Sie musterten mich beide besorgt. Ich wandte meinen Blick ab. „Hm, dann werde ich mich wohl nicht mit ihm treffen können ..."

Beth jammerte: „Kathy ... also ... Kat ..."

„Woran ist er denn gestorben?" Meine Fingerspitzen fühlten sich an, als hätte ich sie in Eiswasser getaucht.

Sie holte tief Luft. „Er hatte einen Herzinfarkt. Er lebte alleine, und der Rettungswagen war nicht schnell genug dort. Wir beide waren schon ausgezogen ... Wir hatten die Scheidung schon eingereicht."

„Oh", entfuhr es mir erneut. Ich konnte das schwarze Loch in meinem Inneren geradezu spüren. Es war kalt. Und dunkel. Und unendlich groß. Ich hatte keine Ahnung, was sich darin verbarg, und ich wusste nicht, was ich fühlen sollte. Schließlich fing ich an weiterzuessen, doch es schmeckte schrecklich.

Beth biss sich auf die Unterlippe. Ihr Gesichtsausdruck war trüb und besorgt. „Kat, es tut mir leid. Ich hätte dir das früher sagen müssen."

„Schon in Ordnung."

Ich konnte spüren, dass sie mich beobachtete und noch etwas sagen wollte. Doch nach ein paar Minuten senkte sie ihren Blick und wandte sich zögerlich auch wieder ihrem Essen zu.

Eine Weile lang sagte niemand etwas. Wir aßen die Lasagne, dann stand Beth auf, um die Teller abzuräumen. Ich rührte mich nicht, während sie die Teller aufeinander stapelte. Dann, als sie in die Küche ging, fragte ich mich, ob ich ihr wohl sonst immer beim Abwasch geholfen hatte.

Sonst immer. Ich starrte auf mein leeres Platzdeckchen und

versuchte, diesen riesigen Kloß in meiner Kehle herunterzu-
schlucken.

Richard klopfte auf den Tisch. „Weißt du, was?"

Ich sah ihn an. „Was denn?"

Er grinste mich an. „Na ja, wenn du dich an nichts mehr erinnern kannst, dann kennst du ja auch meine ganzen Kartentricks
noch nicht, oder? Also kann ich dir noch einmal damit auf die
Nerven gehen!"

Ich blinzelte. „Deine was?"

Er drehte sich auf seinem Stuhl herum, öffnete eine Schublade
des Küchenschranks und holte ein Kartenspiel heraus. Dann
fächerte er es auf dem Tisch auf. „Also, du musst dir eine Karte
aussuchen, aber du darfst sie mir nicht zeigen, okay? Sieh sie dir
nur an und leg sie dann wieder zurück in den Stapel."

Die Kreuz Zwei. Ich schob sie zurück an ihren Platz.

Richard mischte die Karten und verteilte sie auf drei Stapel,
von denen jeder von uns einen bekam. „So, jetzt pass gut auf,
denn das, was jetzt kommt, wird dich sehr beeindrucken ...!
Wirf mal einen Blick auf die unterste Karte aus deinem Stapel.
Welche ist es?"

Ich drehte meinen Stapel ganz langsam um. Dann schüttelte
ich meinen Kopf, lächelte und hielt die Pik Acht hoch. Richards
Mundwinkel fielen fast auf den Boden.

„Aha", sagte er. „Vielleicht ist sie ja auch in meinem Stapel
gelandet." Er spähte unter seinen Stapel, als könnte jeden Augenblick etwas darunter hervorkriechen und ihn anspringen, und
hielt mir die Herz Drei mit hoffnungsvollem Gesichtsausdruck
entgegen. „Ist sie das?"

„Nein." Ich musste lachen.

„Nein?" Richard verzog seinen Mund und rieb seine Koteletten. „Bist du dir da auch ganz sicher? Na schön, warte ...
Vielleicht ist sie ja auch hier ... hinter deinem Ohr!"

Dann griff er über den Tisch zu mir herüber und zog die Kreuz
Zwei aus meinen Haaren.

Mir blieb der Mund offenstehen, und ich hörte auf zu lachen.
„Aber ... wie hast du das denn gemacht?" Ich nahm ihm die
Kreuz Zwei aus der Hand und betrachtete sie von allen Seiten.
Aber es war nur eine ganz gewöhnliche Spielkarte.

Richard zwinkerte mir zu. Er nahm mir die Karte wieder weg und mischte den Stapel noch einmal. „Ich kann eben zaubern."

Später an diesem Abend sah ich mit Richard und Beth noch eine Weile fern, aber es lief nicht gerade besonders gut. Es kam dieser alte Film namens „Casablanca", den Richard ganz toll fand, aber ich konnte mich überhaupt nicht darauf konzentrieren, weil Beth mich die ganze Zeit über anstarrte – und zwar mit diesem besorgten, erwartungsvollen Blick.

Ab und zu sagte sie Dinge wie „Den haben wir uns schon in Brighton zusammen angesehen, weißt du?" oder „Kannst du dich noch erinnern, wie der Schauspieler heißt, Kat? Er ist sehr berühmt."

Sie bemühte sich zu lächeln und so normal wie möglich zu wirken, aber ihre Stimme klang so angespannt, dass ich fast Angst hatte, ihre Stimmbänder würden jeden Moment reißen.

Am liebsten hätte ich gesagt: „Hör mal, ich sag dir schon Bescheid, wenn ich mich an irgendetwas erinnere, okay? Du wirst die Erste sein, die davon erfährt, versprochen!"

Aber ich sagte nur, ich sei müde, und ging nach oben.

Als ich wieder in meinem Zimmer war, machte ich die Übungen für meine Schulter, die die Ärzte mir empfohlen hatten. Davon tat sie allerdings nur noch mehr weh. Schließlich ging ich ins Bett, wo ich noch ewig lange wach lag und in Kathys Liebesroman las. Es ging darin um eine fürchterlich verzogene spanische Prinzessin, und ich regte mich schrecklich über sie auf, aber das war immer noch besser, als die ganze Zeit einfach nur die Wand anzustarren. Nicht viel besser, aber wenigstens ein bisschen.

Schließlich legte ich das Buch weg, machte das Licht aus und versuchte, nicht darüber nachzudenken, wie bizarr diese ganze Situation doch eigentlich war. Ich lag in exakt demselben Bett, in dem ich schon seit vielen Jahren geschlafen hatte, und doch fühlte es sich so an, als wäre es das erste Mal. Ich fragte mich, ob wenigstens mein Körper sich daran erinnerte, wenn ich es schon nicht konnte.

Das wühlte mich so sehr auf, dass ich plötzlich meine Augen wieder aufriss. Und da sah ich es; ein grünes Licht, das an der

Decke pulsierte. So regelmäßig wie der Schlag eines Herzens. Sofort machte ich das Licht wieder an, warf die Decke von mir und starrte in die Ecke, aus der das grüne Licht kam.

Auf dem Boden lag ein Handy, das an ein Ladegerät angeschlossen war, und das blinkte munter vor sich hin. Auf dem Display stand: „Eine neue Nachricht." Ich klappte es auf, ließ mich zurück aufs Bett fallen und versuchte, mich daran zu erinnern, wie man das Handy bediente. Datum und Uhrzeit? Nein, das war falsch. Tetris ... Was war das denn? Nein, das war es auch nicht. Schließlich gelangte ich zu einer Anzeige, auf der mir „neue Nachrichten" als Option angeboten wurde. Hurra! Ich drückte auf eine der Tasten.

„Poppys Handy: Alles in Ordnung, Kathy? Jade und ich machen uns schreckliche Sorgen! Was ist los?"

Poppy. Ich hatte also eine Freundin namens Poppy. Und ich musste noch eine Freundin mit dem Namen Jade haben. Poppy und Jade. Mein Herz schlug schneller. Ich konnte mich zwar an rein gar nichts erinnern, was mit ihnen zu tun hatte, aber ihre Namen klangen irgendwie gut. Als ob man mit ihnen eine Menge Spaß haben konnte.

Ich drücke auf die Antwort-Taste, doch dann hielt ich inne und biss mir auf die Unterlippe. Was sollte ich denn überhaupt sagen? Ich konnte ihr ja schlecht erklären, dass ich keine Ahnung hatte, wer sie überhaupt war. Oder wer irgendjemand sonst war, mich eingeschlossen.

Ich beschloss, die Nachricht Beth zu zeigen. Wenn Poppy und Jade Kathys Freundinnen waren, dann musste sie sie ja kennen, oder? Vielleicht konnte ich mich ja mit ihnen treffen. Ich war ganz beseelt von diesem Gedanken. Das war noch tausend Mal aufregender, als mich mit meinen Großeltern zu treffen.

Ich umklammerte noch immer das Handy und holte mir ein Nachthemd von einem Haken an der Wand. Es war blau-weiß gestreift. Dann ging ich nach unten. Ich hörte Stimmen, die aus der Küche kamen, aber ich konnte mich nicht mehr daran erinnern, wo der Lichtschalter war. Ich hatte mehr als je zuvor das Gefühl, dass ich hier nicht zu Hause war und es wohl auch nie sein würde. Meine Güte! Ich wusste noch nicht einmal, wo die Lichtschalter waren!

Ich tastete nach der Küchentür und hörte Beths Stimme aus der Essecke.

„Ich weiß ja auch, dass du recht hast", sagte sie. „Ich frage mich nur immer wieder, ob das nicht doch alles meine Schuld war."

Ich erstarrte und nahm schnell meine Hand von der Türklinke. Ich beugte mich nach vorne und drückte mein Ohr fest an die Tür.

„Ich glaube nicht, dass irgendjemand irgendeine Schuld trägt", beruhigte Richard sie. „So etwas passiert eben einfach, das ist alles."

Dann entstand eine lange Pause. Schließlich hörte ich wieder Beths Stimme, allerdings etwas leiser als zuvor. „Weißt du, was am schlimmsten ist, Richard? Manchmal denke ich, dass ich dieses Mädchen überhaupt nicht kenne. Es ist, als ob es meine Tochter einfach nicht mehr gäbe."

„Beth, jetzt hör aber auf! Natürlich gibt es sie noch!", entgegnete Richard. „Höchstwahrscheinlich ist das nur vorübergehend, das haben die Ärzte doch gesagt."

Beth klang erschöpft. „Aber sie wissen es nicht, oder? Sie wissen ja noch nicht einmal, warum sie ihr Gedächtnis überhaupt verloren hat! Oh Richard, ich habe solche Angst, dass ich meine Kathy nie mehr wiedersehe ... Dass ich meine Tochter für immer verloren habe ..." Dann versagte ihre Stimme.

Mein Herz pochte so laut, dass ich kaum noch etwas verstehen konnte. Ich ging weg von der Tür und hielt das Handy noch immer fest in meiner Hand. Ich tastete mich durch die Dunkelheit, ging zurück in mein Zimmer und schloss die Tür, damit mich niemand hören konnte.

Ich machte das Licht aus, dann lag ich zusammengekauert in der Dunkelheit und versuchte, an überhaupt nichts mehr zu denken. Ich hatte keine Ahnung, warum es mir so wehtat, dass Beth das gesagt hatte. Schließlich fühlte ich mich ihr ja auch nicht besonders nah.

Aber ich kam mir schrecklich einsam vor. Als würde ich ganz allein ziellos durchs Weltall schweben. Es gab niemanden auf der ganzen Welt, der mich wirklich mochte. Klar, es gab Richard, aber der war ja auch irgendwie dazu verpflichtet, mich zu mögen, oder? Es gab niemanden, der mich so mochte, wie ich war.

Ich umklammerte das Handy fester. Vielleicht mochten Poppy und Jade mich ja, wer auch immer sie waren. „Bitte", dachte ich und presste meine Augen zusammen, „bitte, lass sie noch meine Freundinnen sein!"

Kapitel 4

Kathy

16. Januar

Na, das war vielleicht ein *toller* Tag! Ich meine, noch besser hätte es ja wirklich nicht mehr laufen können ...

Es fing schon damit an, dass Mama und ich uns stritten. Richard hatte uns ein großes, deftiges Frühstück zubereitet. Ich hatte keine Ahnung, warum er das gemacht hatte, schließlich war ja heute nicht Sonntag oder so etwas. Und ich kann so viel Essen morgens einfach nur schwer ertragen, alleine vom Geruch wird mir schon ganz schlecht. Also sagte ich, ich hätte keinen großen Hunger, und machte mir stattdessen nur ein paar Cornflakes. Mama nahm mich später zur Seite und warf mir vor, ich wäre total unhöflich gewesen.

Aber das stimmt überhaupt nicht! Ich habe ihm nur gesagt, dass ich keinen so großen Hunger hatte! Was war daran denn unhöflich? Aber ganz offensichtlich war mein Tonfall unhöflich und abweisend gewesen. Das waren zumindest die Worte meiner Mutter. Das muss man sich mal vorstellen! Sie sagte, es sei ihr klar, dass Richards Einzug nicht ganz leicht für mich sei, aber es sei ja nun schon länger als zwei Jahre her, dass sie eine Beziehung gehabt hätte und auch sie hätte ein bisschen Glück verdient. Ich dachte, sie würde jeden Moment in Tränen ausbrechen! Meine Güte, und das alles wegen einer Schüssel Cornflakes!

Am liebsten hätte ich sie angeschrien und ihr gesagt, dass sie sich abregen und mich in Ruhe lassen sollte, aber die Sache war es nicht wert, deswegen für die nächsten hundert Jahre Stubenarrest zu bekommen. Also zuckte ich nur mit den Schultern und sagte: „Tut mir leid."

Sie verlangte von mir, mich auch bei Richard zu entschuldigen. Sie blieb sogar so lange mit verschränkten Armen vor mir stehen, bis ich es machte. Ihm schien das alles eher peinlich zu sein und er sagte nur: „Schon in Ordnung, Kathy. Ich weiß doch, wie sehr du an deinen Cornflakes hängst."

Als ich danach dann endlich in der Schule ankam, war ich ziemlich spät dran, und Tina hatte schon fast gedacht, ich hätte sie vergessen. Sie stand am Haupteingang und machte einen ziemlich verängstigten Eindruck. Wir schafften es gerade noch kurz vor dem Klingeln ins Klassenzimmer.

Ich tat das, was Mrs Boucher mir aufgetragen hatte, und brachte Tina zu allen Unterrichtsstunden. Die meisten hatten wir sowieso gemeinsam. Wir plauderten viel miteinander und verstanden uns auch ganz gut. Sie findet Basingstoke gut, was ein ziemlich heftiger Schock für mich war, denn Poppy, Jade und ich können diese ganzen Läden hier so langsam nicht mehr sehen. Es ist geradezu zum Schreien hier. Aber im Vergleich zu Shropshire ist es hier wohl ziemlich aufregend. Also erinnert mich bitte daran, dass ich niemals nach Shropshire ziehe!

Alles lief eigentlich ganz okay ... Bis wir schließlich zum Mittagessen gingen. Wir setzten uns zu Poppy, Jade und ein paar anderen, und ich stellte ihr alle vor, die sie in der Pause noch nicht kennengelernt hatte. Wir plauderten eine Weile, und ich weiß ja auch nicht, wie es dazu kam, aber plötzlich fragte jemand Tina nach ihren Eltern. „Sie sind geschieden", antwortete sie.

„Oh, das ist schlimm", sagte ich. Aber sie schien sogar froh darüber zu sein. Ihre Mutter war offenbar schon vor ein paar Jahren von zu Hause ausgezogen – sie hatte einfach ihre Sachen gepackt und war ohne jede Vorwarnung verschwunden. Also wohnt Tina jetzt mit ihrem Vater zusammen. Aber sie findet das gut, weil sie – ihren eigenen Worten nach – ja schließlich den besten Vater auf der ganzen Welt hat.

Dann erzählte sie uns allen von ihm. Er ist Künstler und gibt hier Unterricht, außerdem spielt er Klavier. Sie spielen zusammen Jazz-Duette, außerdem hat er für sie ein riesiges Bild an die Wand ihres Zimmers gemalt. Sie sagte, man könne mit ihm jede Menge Spaß haben und sie könne mit ihm über fast alles reden.

Sie redete immer weiter und mit jedem Wort, das sie sagte, ging es mir schlechter. Aber ich konnte das Thema nicht wechseln, weil Poppy und Jade sich sehr dafür zu interessieren schienen. Immerzu stellten sie ihr alle möglichen Fragen über das Wandbild oder darüber, was für ein Künstler genau ihr Vater eigentlich sei. Ich merkte ihnen ganz deutlich an, dass sie ihn wohl sehr beeindruckend fanden. Das ist er vermutlich auch. Das hörte sich alles absolut großartig an. Er ist ganz bestimmt ein richtig toller Vater.

Zu allem Überfluss fing Tina dann auch noch an, über ihr Geigenspiel zu sprechen. Sie war absolut begeistert davon und liebte es. Ich tat so, als wäre alles in Ordnung, und lächelte, aber ich sagte kein einziges Wort. Ich konnte nicht. Es ging einfach nicht.

Dann sagte Tina irgendetwas wie: „Mein Vater kam zu meinem letzten Violin-Konzert, und das war so toll ...‟

Und das war es dann. Ich konnte es einfach nicht mehr aushalten. Ich sagte, ich müsste mal schnell aufs Klo, und rannte schnell nach draußen, um nicht vor allen in Tränen auszubrechen.

Ich hatte gedacht, dass niemand es bemerkt hätte, aber während der Sportstunde kamen Poppy und Jade zu mir und fragten mich, warum ich so unhöflich zu Tina gewesen sei. Ich fragte, was sie damit meinten, und es stellte sich heraus, dass alle mein plötzliches Verschwinden zur Toilette als ziemlich unhöfliches Verhalten aufgefasst hatten.

Ich wollte ihnen nicht sagen, dass ich nur hatte vermeiden wollen, vor der gesamten Kantine loszuheulen, also zuckte ich nur mit den Schultern und sagte: „Oh, ich hatte nur so langsam genug davon, ihr die ganze Zeit dabei zuzuhören, wie sie von ihrem perfekten Leben schwärmt.‟

Dann sahen mich beide ziemlich komisch an. „Ich finde sie nett‟, sagte Poppy.

„Ja, genau. Was ist denn mit dir los? Seit wann hast du etwas gegen nette Leute?", stimmte Jade ihr zu. „Zuerst Richard. Und jetzt auch noch Tina."

Ich erklärte ihnen, dass ich sie auch mochte und einfach nur schlecht gelaunt gewesen war.

„Das kann man wohl sagen!", stimmte mir Jade zu.

Manchmal wäre es toll, wenn sie einfach die Klappe halten würde!!!

17. Januar

Tina verhält sich mir gegenüber völlig unverändert, also fand sie mein Verhalten gestern ja vielleicht gar nicht so schlimm. Auf dem Weg ins Klassenzimmer plauderten wir miteinander, und ich finde sie wirklich sehr nett. Ich wollte das gestern nur nicht sagen. Außerdem ist sie ziemlich lustig. Das Einzige, was mich stört, ist die Tatsache, dass sie gar nicht mehr aufhört zu reden, wenn sie erst einmal damit angefangen hat.

Ich meine, mal ehrlich! So toll kann ihr Vater ja überhaupt nicht sein. Und außerdem hat sie ja nur die dritte Stufe erreicht, das ist ja nun wirklich keine große Sache. Ich habe mit zehn schon die fünfte Stufe erreicht!

19. Januar

Warum kann Richard mich nicht einfach in Ruhe lassen? Warum muss er nur ständig versuchen, nett zu mir zu sein? Er läuft mir ständig hinterher und versucht, mich in ein Gespräch zu verwickeln. Und auch heute, als er von der Arbeit nach Hause kam, konnte er es sich mal wieder nicht verkneifen. Diesmal hat er mir wieder einen seiner Kartentricks gezeigt. Mama war dabei, deswegen konnte ich ihm nicht einfach sagen, dass er mich in Ruhe lassen sollte. Ich gab vor, ich müsste dringend meine Hausaufgaben machen, aber Mama erwiderte: „Komm schon, Kathy! Nur ein Trick!" Und ihre Stimme klang dabei ziemlich bedrohlich.

Er fing wieder an mit seinem „Such dir irgendeine Karte aus". Ich wählte die Karo Vier. Dann kam sie zurück in den Stapel, er breitete die Karten auf dem Tisch aus und verteilte sie auf verschiedene Haufen und all so was. Schließlich hob er ab und hatte die Karo Vier in der Hand.

Meine Güte, so eine große Sache ist das ja nun auch wieder nicht. Er hat bestimmt vorher ein paar Karten markiert oder so. Aber er fragte mit diesem breiten, triumphierenden Grinsen im Gesicht: „Und, ist das deine Karte?"

Ich antwortete: „Nein, ich hatte den Pik Buben gewählt." Ha!

Er hörte auf zu grinsen und fragte: „Bist du dir da auch wirklich sicher?"

Dann lachte Mama ganz gequält. „Ach, Kathy, hör doch auf zu schummeln. Richard findet immer die richtige Karte."

„Diesmal offenbar nicht", behauptete ich und ging hinauf in mein Zimmer.

# Kapitel 5

Kat

„Was würdest du denn von einem herzhaften Frühstück halten?", fragte Richard.

Als ich in die Küche kam, warf er mir über die Schulter einen Blick zu, grinste und schwenkte eine Pfanne. Der Geruch von geschmolzener Butter und gebratenem Speck lag in der Luft.

„Großartig", antwortete ich und ließ mich auf einen der Stühle fallen. „Das riecht jedenfalls ziemlich lecker."

„Das kann man wohl sagen, oder?" Richard schlug ein Ei an den Rand der Pfanne, um es zu öffnen. „Du kannst dir ja schon mal ein Glas Orangensaft einschenken, dann hast du wenigstens auch etwas Gesundes zu dir genommen."

Den Orangensaft fand ich im Kühlschrank. „Wo ist denn ... hm ... Wo ist denn meine Mutter?", fragte ich, während ich mir ein Glas davon einschenkte.

Richard sah mich an, und ich wurde ein bisschen rot. Ich hätte etwas besser verbergen sollen, dass ich sie nicht Mama nennen konnte. Aber ich konnte es einfach nicht. Das Wort ging mir einfach nicht über die Lippen. Ganz besonders nicht nach allem, was ich gestern Abend mitangehört hatte.

Richard wandte sich wieder dem Herd zu und verrührte die Eier mit einem Pfannenwender. „Sie duscht und kommt dann auch gleich nach unten. Magst du Toast? Das Brot steht dort drüben, steck dir einfach eine Scheibe davon in den Toaster."

Das tat ich und setzte mich dann mit meinem Saft hin. Der Dunst aus der Bratpfanne ließ die Fenster beschlagen, wodurch der Garten aussah, als läge er im Nebel. Ich rieb ein Stück an einer der Fensterscheiben frei und blickte nach draußen. Eine Veranda, auf der ein paar abgestorbene Topfpflanzen standen, und ein von Bäumen umgebener, verwilderter Rasen.

„Zu dieser Jahreszeit sieht es da draußen nicht so toll aus", sagte Richard. Er legte Messer und Gabeln auf den Tisch, dann belud er zwei Teller mit Eiern, Speck, Pilzen und Tomaten. „Bitte sehr." Er stellte einen der Teller auf meinen Platz. „Iss es am besten, solange es noch heiß ist."

Ich nahm mir eine Gabel und schob die Ärmel des schwarzen Pullis, den ich an diesem Morgen angezogen hatte, ein Stück nach oben. „Hat Kathy denn immer nur dunkle Sachen angezogen?", fragte ich.

Richard hörte auf zu essen und sah mich an. Er hatte tiefblaue Augen, die sogar im fahlen Winterlicht, das von draußen hereinfiel, noch leuchteten.

„Was denn?", fragte ich selbstbewusst.

Er schob sich ein Stück Speck in den Mund. „Empfindest du dich denn nicht selbst als Kathy?"

Oh. Ich zuckte mit den Schultern und senkte meinen Blick. „Nicht wirklich, denke ich. Ich meine, ich weiß, dass ich Kathy bin, aber ... ich weiß ja auch nicht. Ich habe bisher einfach überhaupt nicht das Gefühl, mit ihr besonders viel gemeinsam zu haben."

„Zum Beispiel?" Richard grinste plötzlich und zeigte mit seiner Gabel auf meinen Pulli. „Abgesehen von deinem Klamotten-Geschmack, meine ich natürlich. Und um deine Frage zu beantworten: Ja, du hast ziemlich viele schwarze Sachen getragen. Man hätte mit dir einen tollen Schwarz-Weiß-Film drehen können."

„Wie meinst du das denn?"

„Na ja, du hattest nur schwarze, weiße und graue Sachen."

„Und braune!", stellte ich fest. „In meinem Kleiderschrank sind auch ziemlich viele braune Sachen."

Er musste lachen. „Hm, das hätte wahrscheinlich nicht so gut in einen Schwarz-Weiß-Film gepasst, aber ja ... Davon hattest du auch einige. Aber sprich doch weiter, ich bin ja schon ganz neugierig. Was unterscheidet dich sonst noch von Kathy?"

Ich kaute auf einem Stück Toastbrot herum und erzählte ihm von der Musik, die ich im Krankenhaus gehört hatte. „Sie war so schön ... Ich habe das Mädchen neben mir sogar dazu gebracht, wieder zurückzuschalten, aber niemand sonst mochte die Musik. Und als ich dann die CDs in meinem Zimmer sah, hoffte ich, so etwas wäre vielleicht auch dabei, aber da ist nur Popmusik." Ich zuckte mit den Schultern. „Es sieht wohl nicht so aus, als ob wir wirklich Zwillinge wären, oder?"

Richard lächelte. „Ich verstehe, was du meinst."

Ich nahm noch einen Bissen Toast. „Ich wünschte, ich wüsste, wer diese Musik geschrieben hat, dann könnte ich mir die CD kaufen."

„Na, das ist doch gar kein Problem. An welchem Tag war das? Donnerstag?" Richard sprang auf und ging aus dem Raum. Kurz darauf kam er mit einer Zeitung zurück. Er blätterte sie durch, bis er das Fernsehprogramm gefunden hatte, dann fuhr er mit dem Finger über die Einträge. „Mahlers Fünfte", sagte er dann.

„Wie bitte?" Ich machte einen langen Hals, um etwas erkennen zu können.

„Der Komponist heißt Gustav Mahler und das war seine fünfte Symphonie, auch bekannt als Mahlers Fünfte." Richard faltete die Zeitung auf und gab sie mir mit einem Lächeln. „Du hast einen guten Geschmack", sagte er. „Das ist auch einer meiner Favoriten."

Ich nahm die Zeitung und spürte ein warmes Gefühl in mir aufsteigen. „Danke."

Nach dem Essen half ich Richard beim Abwasch und er erzählte mir von einem Komponisten namens Beethoven. Irgendwie kam mir der Name bekannt vor, aber ich konnte mich an keines seiner Werke erinnern, also summte Richard mir die Melodie einer seiner Symphonien vor und dirigierte ein imaginäres Orchester mit einem schaumigen Messer und einer tropfenden Gabel. Genau in diesem Augenblick kam Beth herein.

„Guten Morgen", sagte sie lächelnd. Aber sie sah nur mich an.

„Hallo", erwiderte ich und meine guten Gefühle platzten mit einem Schlag wie Seifenblasen. Das Einzige, was ich noch denken konnte, war: „Du magst mich doch überhaupt nicht, du willst doch nur die alte Kathy zurück."

Beth lehnte sich an den Türrahmen. „Hat das Frühstück geschmeckt?"

Ich nickte, ohne sie dabei anzusehen. „Ja, ganz toll."

„Soll ich dir auch eins machen?", fragte Richard und griff um mich herum nach dem Pfannenwender auf dem Abtropfständer. „Das geht ruck-zuck."

Beth warf einen Blick auf die Uhr. „Nein, danke. Ich habe in zwanzig Minuten einen Telefontermin."

„Okay, dann gehe ich jetzt mal kurz in die Stadt", erwiderte Richard. Er gab Beth einen Kuss auf die Wange, zwinkerte mir zu und klopfte gegen den Türrahmen, als er aus der Küche ging.

Beth biss sich auf die Unterlippe. „Hast du gut geschlafen, Kat?"

„Ja, ganz toll", antwortete ich. Schon wieder.

Sie schenkte sich eine Tasse Kaffee ein und sah mich an. „Hast du ...?" Dann hielt sie inne.

„Was denn?" Ich wusste trotzdem, was sie fragen wollte. Meine Schulter schmerzte und meine Muskeln verkrampften sich.

Beth zögerte, umklammerte ihre Kaffeetasse und versuchte zu lächeln. „Ich habe mich nur gefragt ... ich meine ... Du bist jetzt seit einem ganzen Tag zu Hause und ich habe mich gefragt, ob du dich vielleicht an etwas erinnert hast. Irgendetwas, egal, was", fügte sie schnell hinzu. „Auch wenn es ein noch so winziges Detail ist, könnte es ja doch etwas bedeuten."

„Nein", antwortete ich kurz und bündig.

„Oh." Beth zwang sich zu einem Lächeln. „Na, es ist ja auch noch früh am Tag. Das wird sich schon alles wieder einrenken ..."

Ich konnte diese Unterhaltung keine Sekunde länger ertragen. Ich griff in meine Hosentasche, holte mein Handy heraus und klappte es auf. Ich drückte so lange auf den Tasten herum, bis ich die eingegangenen Nachrichten wiedergefunden hatte. Ich hielt ihr das Handy vor die Nase. „Sieh mal – ich habe eine Nachricht von einer meiner alten Freundinnen bekommen."

Beth hielt sich das Handy mit einer Armlänge Abstand vors Gesicht und blinzelte. Dann hellte sich ihr Gesichtsausdruck auf. „Oh, Poppy! Sie macht sich offenbar große Sorgen um dich, die Ärmste! Was hast du ihr denn geantwortet?"

Ich lehnte mich an den Tresen und verschränkte meine Arme. „Hm ... Noch nichts. Ich kann mich nicht an sie erinnern. Wer ist sie denn?"

Beth gab mir das Handy zurück. „Sie ist eine deiner besten Freundinnen. Genau wie Jade, wo wir schon dabei sind. Ihr drei seid praktisch unzertrennlich. Außerdem gibt es da jetzt noch dieses andere Mädchen namens Tina, mit dem ihr viel Zeit verbringt."

Das hörte sich ja an, als wäre ich ziemlich beliebt gewesen. Das hatte ich aus irgendeinem Grund gar nicht erwartet. „Hm ... Meinst du denn, dass ich mich mit ihnen treffen könnte?"

Beth wirkte überrascht. „Mit wem? Poppy und Jade?"

Ich nickte.

Sie machte einen nachdenklichen Eindruck und hielt sich die Hand vor den Mund. „Weißt du, das ist vielleicht gar keine so schlechte Idee. Vermutlich kennen sie dich sogar besser als ich. Vielleicht kommt dein Gedächtnis ja zurück, wenn du dich mit ihnen unterhältst."

Ich starrte auf das saubere Geschirr auf dem Abtropfregal und mein Magen schnürte sich zusammen. Warum konnte sie nicht einfach endlich damit aufhören, ständig darüber zu reden, woran ich mich erinnerte und woran nicht? Ja, klar. Es wäre bestimmt eine tolle Sache gewesen, mein Gedächtnis wieder zurückzuerlangen, und auch ich wünschte mir das – aber war ich so, wie ich jetzt war, denn wirklich so schlimm?

Beth spülte ihre Kaffeetasse aus und wischte sie mit einem Tuch ab. „Ich werde Poppys Mutter heute anrufen. Wie wäre es denn, wenn du dich in der Zwischenzeit mit Nana und Jim treffen würdest, Kat?"

„Mit wem?", fragte ich nach, obwohl ich mich erinnern konnte.

Sie kniff besorgt die Lippen zusammen. „Nana und Jim, meine Eltern. Sie würden dich wirklich sehr gerne sehen, Liebling. Nur, um sich zu vergewissern, dass es ... dir gut geht. Sie machen sich wirklich große Sorgen."

„Mir geht's gut." Ich meinte damit, dass meine Stirn und meine Schulter nicht mehr so schlimm waren, aber Beth lachte so laut auf, dass es sich fast anhörte wie ein Bellen.

„Na ja, ich würde nicht unbedingt behaupten, dass es dir wirklich gut geht, oder?"

In mir zog sich alles zusammen, und ich blickte schnell weg. Ach ja, das hatte ich ja ganz vergessen – es kam ja schließlich nur darauf an, ob ich mein Gedächtnis zurückerlangte oder nicht, richtig?

Beth wartete darauf, dass ich etwas sagte, und als ich das nicht tat, verschränkte sie ihre Arme und seufzte. „Hör mal, Kat, wir können ja auch in ein paar Tagen zu ihnen fahren. Sie wohnen in Oxfordshire, das ist nicht weit weg. In Ordnung?"

„In Ordnung", murmelte ich.

Sie drückte meinen Arm. „Schön. Und Kat ..." Sie zögerte und biss sich auf die Lippe.

„Was denn?"

„Alles wird gut", sagte sie sanft. „Das verspreche ich dir."

Nachmittags nahm ich eine Dusche. Eigentlich hätte ich wegen des Verbands um meine Stirn meine Haare nicht waschen sollen, aber ich hatte einfach das dringende Bedürfnis, mir die Haare zu waschen. Sie fühlten sich an, als hätte ich sie in eine Ölpfütze eingetaucht. Während ich das Shampoo einmassierte, hielt ich vorsichtig meinen Kopf nach hinten und atmete den Kokos-Duft ein.

Danach trocknete ich meine Haare mit einem Handtuch ab und betrachtete mich im Spiegel. Ich war noch immer jedes Mal schockiert, wenn ich mich selbst sah. Es war, als ob ich einen völlig fremden Menschen ansah. Dieser Fremde wurde mir zwar allmählich immer vertrauter, aber er war immer noch ein Fremder.

„Alles wird gut", flüsterte ich meinem eigenen Spiegelbild zu. Das hatte Beth gesagt.

Das Mädchen im Spiegel antwortete nicht.

„Und, Kathy, wie läuft es denn zu Hause?" Dr. Perrin zeigte mir wieder fast ihr gesamtes Gebiss, während sie mich anlächelte, als ob sie vorhätte, mich aufzufressen.

„Kat", korrigierte ich sie und kaute auf einem meiner Fingernägel herum.

Sie blickte hinunter auf ihre Notizen. „Oh, ja ... Kat ... bitte entschuldige. Also schön, wie läuft es denn zu Hause, Kat?" Wieder lächelte sie mich an und zeigte mir noch mehr ihrer Zähne, falls das überhaupt noch möglich war.

Ich rutschte auf dem viel zu weichen, grünen Sofa hin und her. Ich war in Dr. Perrins Büro im Krankenhaus, weil sie sich zu meiner großen Freude einmal pro Woche mit mir treffen wollte, bis mein Gedächtnis zurückgekehrt war oder bis wir wenigstens „einen guten Status Quo" erreicht hatten, was auch immer das sein sollte.

„Es läuft alles ganz okay", erklärte ich ihr.

Dr. Perrin kritzelte etwas auf einen Zettel auf ihrem Klemmbrett. Ihre blonden Haare glänzten wie bei unserem vorherigen Treffen und wurden von reichlich Haarspray in Form gehalten. „Kannst du das etwas genauer beschreiben?"

„Hm ... na ja, es läuft halt ganz okay. Ich meine, alles ist in Ordnung."

Ihr Schreibtisch und ihre Wände waren voll von Fotos von Menschen, die in die Kamera lächelten und einem ihr Gebiss zeigten. Ich betrachtete das Bild eines Mädchens in einem Feenkostüm. Sein Lächeln hätte selbst einen Hai in die Flucht geschlagen.

Sie klopfte sich mit ihrem Stift an die Zähne. „Ich verstehe. Hast du dich schon an irgendetwas erinnern können?"

„Nein, nicht wirklich."

Dr. Perrin beugte sich gespannt nach vorne. „Nicht wirklich? Soll das bedeuten, dass es doch etwas gibt, woran du dich er-innerst?"

Ich schluckte und zupfte an meinen Ärmeln herum. „Hm, nein ... Es bedeutet Nein."

Dr. Perrin gab einen Seufzer von sich, dann warf sie mir ein breites Lächeln entgegen. „Du musst versuchen, mir so präzise wie möglich zu antworten, Kat. Also gut. Und was ist mit deinen Träumen? Kannst du dich an sie erinnern?"

Ich zuckte mit den Schultern und dachte an einen Traum, den ich in der Nacht zuvor gehabt hatte. Ich hatte in den Spiegel gesehen, aber darin nicht das Gesicht einer Fremden entdeckt, sondern überhaupt kein Gesicht – nur ein gleichmäßiges, hautfarbenes Nichts. Ich bekam eine Gänsehaut, als ich mich daran erinnerte.

Ich hatte nicht die Absicht, Dr. Perrin etwas davon zu erzählen.

„Ist das ein Ja oder ein Nein?", fragte sie. „Kat, meine Liebe, du musst mir alles so genau wie möglich erzählen. Wir sind wie Detektive, die zusammenarbeiten, um deine Erinnerung wieder ans Licht zu bringen, und wir müssen jedem noch so kleinen Hinweis aufmerksam folgen."

Ich starrte sie fassungslos an. Ich stellte mir vor, wie wir beide mit Vergrößerungsgläsern in den Händen in der Gegend herumschlichen, und zuckte zusammen.

„Verstehst du das?", fragte sie mich und zeigte mir wieder ihr Hai-Lächeln.

„Hm, ich denke, schon", murmelte ich. „Ich verstehe, dass Sie total verrückt sind", dachte ich.

Sie schlug ihre dicken Beine übereinander und beugte sich nach vorne. „Sehr gut. Du musst nämlich verstehen, dass deine Träume dir möglicherweise sehr dabei helfen können, dein Gedächtnis zurückzuerlangen. Das hat sich in Fällen wie deinem immer wieder bestätigt. Deswegen ist es sehr wichtig, dass wir ..."

„Nein", unterbrach ich sie.

Ihre Augenbrauen schnellten nach oben. „Wie bitte?"

„Na ja ... Die Antwort ist Nein. Ich kann mich an keinen Traum erinnern."

Sie seufzte, dann machte sie sich wieder irgendwelche Notizen. Dann wieder ein breites, beängstigendes Lächeln. „Also gut, dann werde ich dir jetzt ein paar Bilder zeigen und ich möchte, dass du mir immer das Allererste sagst, das dir dazu durch den Kopf geht. In Ordnung? Das macht großen Spaß!"

Das hörte sich ja an, als ob sie mir jetzt befehlen wollte, Spaß zu haben! Ich drückte mich ins Sofa zurück und wünschte, die Zeit wäre schon um.

So war es die gesamten fünfundvierzig Minuten lang. Und ich wusste sehr genau, dass es exakt fünfundvierzig Minuten waren, denn ich ließ die Uhr keine Sekunde lang aus den Augen.

Schließlich sagte Dr. Perrin: „Das war's für heute, Kat."

Ich sprang sofort vom Sofa auf.

Sie sah mich an, als wolle sie mich mit ihrem Blick festnageln. „Denk daran, ein Traum-Tagebuch zu führen", sagte sie streng. „Jeden Morgen, ohne Ausnahmen. In unserer nächsten Sitzung werden wir es dann miteinander besprechen."

Ich musste schlucken und nickte. Während ich aufstand, bemerkte ich, dass ihre Augenbrauen aufgemalt waren. Ich starrte sie seltsam fasziniert an. Was war nur mit ihren richtigen Augenbrauen passiert?

„Du wirst doch daran denken, oder?", fügte sie hinzu, während sie mir die Tür öffnete und mich entließ. Es hörte sich nicht nach einer Frage an.

Kapitel 6

Kathy

23. Januar

Ich frage mich, wie lange das mit dieser Vertrauensschüler-Sache noch weitergehen soll. Tina braucht mich nicht mehr dafür, die Unterrichtsräume zu finden, und weiß inzwischen selbst, wo sie sind. Und meine Freunde kennt sie auch alle. Genau genommen versteht sie sich mit Poppy und Jade sogar so gut, dass ich mir schon fast wie eine Außenseiterin vorkomme. Neuerdings begleiten auch sie sie zum Unterricht. Meistens ist es auf dem Flur viel zu eng, um zu viert nebeneinander zu gehen. Also ratet mal, wer meistens hinter ihnen her geht.

Eigentlich macht mir das aber auch gar nichts aus. Mir ist sowieso nicht wirklich danach, mich mit irgendjemandem zu unterhalten.

25. Januar

Ich habe ein C auf meine Englischarbeit bekommen. Sonst habe ich immer ein A. Wenigstens ist mir das nicht in Mathe passiert, wo Richard mir ja schon seine Hilfe angeboten hat – Nein, danke!

26. Januar

Ich habe Mrs Boucher gefragt, wie lange ich noch Tinas Vertrauensschülerin bleiben soll, und sie hat gesagt, es wäre schön, wenn ich das noch bis zum Ende des Schuljahres machen würde.

Für wen wäre das schön?

Ich sagte: „Aber Tina kennt sich mittlerweile gut aus."

Aber sie antwortete: „Oh, du musst sie ja nicht mehr zum Unterricht bringen. Es genügt ja, wenn du für sie da bist und sie unterstützt, wenn sie deine Hilfe braucht."

Das ist doch schon mal etwas. Tina wird bestimmt überhaupt nicht bemerken, wenn ich sie nicht mehr zum Unterricht begleite.

27. Januar

Jade hat mich gefragt, wie lange ich noch vorhätte, wegen Richards Einzug zu schmollen. Dann fragte sie: „Oder bist du zu sehr damit beschäftigt, wegen Tinas perfektem Leben zu schmollen?"

Poppy sagte diesmal nicht: „Oh, Jade."

Ich antwortete, dass ich überhaupt nicht schmolle und dass mir einfach nur ziemlich viele Dinge im Kopf herumgehen. Aber ganz offenbar hat mir das keine von ihnen geglaubt.

Zu Hause läuft alles wie immer. Mama sagt immer wieder, dass ich mir nicht genug Mühe gebe. Sie tut gerade so, als hätte ich eine Richard-Voodoo-Puppe und würde immerzu Nadeln in sie hineinstecken! Aber in Wirklichkeit will sie, dass ich mit ihr und Richard einen auf glückliche Familie mache, aber das wird auf gar keinen Fall passieren. Ich kann Richard nicht leiden und ich will nicht, dass er hier wohnt. Warum sollte ich also so tun, als wäre das nicht so?

Aber ich versuchte trotzdem, mir Mühe zu geben, und bedankte mich bei ihm dafür, dass er das Abendessen zubereitet hatte. Was allerdings ein ziemlich großer Fehler war, denn sofort dachte er, wir wären die besten Freunde, und wollte, dass ich mit ihm ins Wohnzimmer ging, damit er mir einen seiner blöden

Kartentricks zeigen konnte. Ich lehnte das ab, und sofort hatte ich wieder Ärger mit Mama, weil ich angeblich zu unhöflich war. Ganz egal, was ich mache, es ist immer irgendwie verkehrt.

Heute Abend holte ich Cat heraus und saß ziemlich lange einfach nur da und hielt ihn fest. Er schaffte es aber auch nicht, dass ich mich besser fühlte. Ich dachte die ganze Zeit nur an Papa.

28. Januar

Heute ist Samstag. Normalerweise würde ich irgendetwas mit Poppy und Jade planen, aber bis jetzt hat noch keine von ihnen irgendetwas davon gesagt, dass wir uns heute treffen wollen. Also habe ich auch nichts gesagt. Es macht mir aber nicht wirklich etwas aus, denn ich habe sowieso keine Lust, sie zu sehen. Ich bin viel zu sehr mit Schmollen beschäftigt, haha ...

Ich frage mich, ob sie etwas mit Tina unternehmen?

Später

Mama kam in mein Zimmer und wollte, dass ich die Musik leiser machte. Sie wollte sich mit mir unterhalten und mir war sofort klar, dass das nichts Gutes zu bedeuten hatte. So war es dann auch. Sie setzte sich auf mein Bett und betonte, sie könne gut verstehen, wie ich mich fühle, aber das Leben müsse nun einmal weitergehen. Ich wünschte, sie würde das nicht immer und immer wieder sagen. Ihr Leben habe sich verändert und Richard gehöre nun zu ihr und sie wünsche sich sehr, Richard könne auch zu meinem Leben gehören.

„Kannst du es denn nicht einfach einmal versuchen?", fragte sie.

Ich versuchte, ihr zu erklären, dass ich ja genau das tue, dass ich aber nicht ganz einsehe, warum Richard etwas mit meinem Leben zu tun haben muss, nur weil sie mit ihm zusammen ist. Ich sagte das ganz ruhig, aber trotzdem wurde ihr Gesicht ganz rot vor Wut.

„Weil er hier wohnt!", sagte sie.

„Aber das ist doch nicht meine Schuld!", entgegnete ich.

Großer Fehler! Jetzt kam sie richtig in Fahrt. Sie sagte, sie hätte sich große Mühe gegeben, mit mir geduldig zu sein, aber ich wäre einfach viel zu egoistisch und ich solle mal langsam etwas erwachsener werden und zur Abwechslung, nicht immer nur an mich selbst zu denken. Sie redete immer weiter auf mich ein und ihr Gesicht wurde immer röter. Ich konnte ihr kaum richtig zuhören, so unfair war alles, was sie sagte. Meine Güte! Sie weiß, dass ich nicht gewollt hatte, dass Richard bei uns einzieht, aber sie hatte ihn einfach trotzdem darum gebeten. Und jetzt regt sie sich darüber auf, dass ich unglücklich darüber bin! Das ist doch wirklich nicht meine Schuld!

Schließlich verlor ich die Beherrschung und schrie sie an. Ich sagte ihr, dass ich nie wollte, dass er bei uns einzieht, und dass er damit aufhören soll, mich ständig anzusprechen. Er sei ja schließlich nicht mein Vater und ich wolle nichts mit ihm zu tun haben. Ich hätte fast angefangen zu weinen, aber ich schaffte es, meine Tränen zu unterdrücken.

Zuerst wirkte Mama, als ob sie mich auch anschreien wollte, doch dann sackten ihre Schultern zusammen und sie seufzte nur. Sie sagte: „Kathy, ich kann nicht ändern, was mit deinem Vater geschehen ist. Es tut mir leid, dass alles so gekommen ist."

Das war eine ziemlich seltsame Formulierung, denn schließlich hatte sie die Trennung ganz alleine beschlossen. Mir ist klar, dass nicht immer alles so toll war, aber das hätten wir bestimmt in den Griff bekommen, wenn sie sich ein bisschen Mühe gegeben hätte. Und dann wäre alles völlig anders gekommen.

Sie hat mich jetzt jedenfalls gebeten, mir etwas mehr Mühe mit Richard zu geben, und ich habe es ihr zugesagt, um sie wieder loszuwerden. Dann ging sie endlich weg und ließ mich alleine. Sofort drehte ich meine Musik wieder lauter.

Am liebsten würde ich einfach alles um mich herum vergessen.

Kapitel 7

Kat

Nana und Jim wohnten in einem Dorf namens Upper Bagley. Es war etwa zwei Stunden von uns entfernt und die kamen mir vor wie eine Ewigkeit. Während der gesamten Fahrt starrte ich aus dem Fenster und wünschte, Richard hätte heute nicht zur Arbeit gehen müssen. Beth klopfte ständig mit den Fingern aufs Lenkrad, spielte dauernd am Autoradio herum und wechselte den Sender fast alle fünf Minuten.

Nana war so etwas wie die ältere Ausgabe von Beth – und vermutlich mir. Seltsamer Gedanke. Als wir ankamen, umarmte sie mich kurz und hielt mich dann etwa eine Armlänge von sich weg. Sie sah mir in die Augen.

Ich wurde ganz steif und wartete auf die unvermeidlichen Fragen nach meinem Gedächtnis.

Dann ließ sie mich los und lächelte mich an. „Möchtest du etwas trinken?"

Ich war so erleichtert, dass ich sofort Ja sagte, obwohl ich überhaupt keinen Durst hatte.

Nana verschwand in der Küche, und als Beth mich ins Wohnzimmer brachte, dachte ich: Vielleicht wird das ja doch nicht so schlimm.

Dort saßen eine Frau und zwei Männer, die fernsahen. Als wir hereinkamen, sahen mich alle an, sprangen sofort auf und lächelten.

„Kathy!"

„Geht es dir gut, Liebes?"

„Wie geht es dir, Kath?"

Plötzlich wurde ich von einem zum anderen gereicht und alle umarmten mich so fest, dass ich Angst hatte, zu ersticken. Der alte Mann drückte am heftigsten zu und klopfte so fest auf meinen Rücken, als hätte ich mich verschluckt und drohte, daran zu ersticken. Ich gab mir alle Mühe, nicht laut aufzuschreien, als ein stechender Schmerz meine Schulter durchfuhr.

„Mensch, was hat es denn mit diesem ganzen Schwachsinn auf sich, du könntet dich an nichts erinnern?", rief er. „Oder willst du etwa behaupten, dass du deinen alten Opa Jim nicht mehr erkennst?"

„Hm ..." Ich geriet ein wenig in Panik und blickte hilfesuchend zu Beth.

„Ich fürchte, sie erkennt dich nicht, Papa." Sie zog ihren Mantel aus und legte ihn auf die beigefarbene Couch.

Opa Jim musterte mich. „Kannst du dich wirklich an überhaupt nichts erinnern?"

„Tut mir leid", flüsterte ich und wurde knallrot.

„Du erkennst mich wirklich nicht?" Seine Stimme wurde lauter und er riss die Augen auf. Hätte er einen Krückstock gehabt, wäre er ihm mit Sicherheit aus der Hand gefallen.

„Offensichtlich nicht, Papa", sagte der andere Mann. Er hatte dünne, braune Haare und lächelte künstlich. „Es tut mir leid, dass wir dich eben so überfallen haben", sagte er dann zu mir. „Ich bin dein Onkel Mark, der ältere Bruder deiner Mutter."

„Und ich bin deine Tante Lorraine", stellte sich die Frau vor. „Rainey." Sie hatte blondes Haar und trug einen blauen Pulli. Sie gab mir die Hand. Ich schüttelte sie und versuchte zu lächeln.

„Oh, dein armer Kopf!", sagte sie und musterte meine Stirn. „Tut es noch weh?"

Der Verband war inzwischen ab, aber die Fäden waren noch drin. Sie waren dick und schwarz und deutlich zu erkennen. Ich hatte morgens versucht, sie mit meinen Haaren zu überdecken, aber das hatte offenbar nicht besonders gut funktioniert.

„Hm, es geht ...", fing ich an.

„Das ist doch lächerlich!", plärrte Opa Jim plötzlich durch den ganzen Raum. „Sie kann doch nicht einfach ihr gesamtes Gedächtnis verloren haben!"

Beth zuckte mit den Schultern. dann verschränkte sie ihre Arme. „Das hat sie aber."

Opa Jim ließ sich auf die Couch sinken und sah sie wütend an. „War sie denn bei einem Arzt? Man muss doch etwas für sie tun können!"

Beth rieb sich die Stirn. „Sie geht zu einer Psychologin."

„Zu einer Seelenklempnerin?" Opa Jim sah besorgt aus. „Aber es könnte doch auch genauso gut ein Gehirntumor sein! Wurde das denn überhaupt überprüft?"

Ich verschränkte meine Arme, setzte mich auf ein rundes Sitzkissen ganz in der Ecke und wünschte, ich wäre ganz weit weg. Beth sah aus, als ob sie sich genau dasselbe in Bezug auf das ganze Sofa wünschte.

„Nein, Papa, sie hat ganz sicher keinen Gehirntumor. Es ist etwas Psychologisches. Die Ärzte haben uns das empfohlen."

Etwas Psychologisches. Das war wie ein Schlag ins Gesicht. Alle starrten mich an. Ich rutschte auf dem Sitzkissen herum und versuchte, so normal wie möglich zu wirken. Zum Glück kam Nana in diesem Augenblick mit einem schwarzen Plastikta-blett aus der Küche zurück. Darauf befand sich ein glänzendes, silberfarbenes Teeservice.

„Oh, die vornehmen Sachen!", sagte Mark und sprang auf, um ihr zu helfen.

Nana winkte ab und stellte das Tablett auf den Kaffeetisch. Dann gab sie mir ein Glas Saft.

„Hier, bitte, meine Liebe. Genau, wie du ihn magst."

Ich bemühte mich um ein Lächeln. „Danke." Ich nahm einen Schluck von dem Saft, und plötzlich war mein Lächeln echt. „Der ist wirklich lecker!"

Sie nickte lebhaft und schenkte sich eine Tasse Tee ein. „Frisch gepresst. Kein Vergleich zu diesem schrecklichen Konzentrat, das man im Supermarkt bekommt."

„Was war das denn überhaupt für ein Unfall?", blaffte Opa Jim wieder los. „Was ist denn überhaupt passiert?"

Ich erstarrte und umklammerte meinen Orangensaft, wovon meine Hand ganz kalt wurde.

Beth räusperte sich. „Kathy ist offenbar vor ein Auto gelaufen ... Wir vermuten, dass sie bei Rot über die Ampel gehen wollte."

Er wirkte bestürzt. „Bei Rot über die Ampel? Sie müsste doch eigentlich wissen, dass man das nicht tut!"

„Vielleicht hatte sie es ja einfach nur eilig", sagte Rainey lächelnd.

Für einige Minuten war nur das Klappern der Tassen auf den Untertassen zu hören. Beth blickte zu mir herüber und lächelte mich an. Ich lächelte nicht zurück. Wie hatte sie mich nur hierher bringen können? Sie hätte doch wissen müssen, was passieren würde!

Und es wurde noch schlimmer. Nachdem alle ihren Tee getrunken hatten, kramte Opa Jim Hunderte von Fotoalben und sogar ein paar selbstgedrehte Videofilme hervor. Alle versammelten sich um mich und erklärten mir alle möglichen Personen, was an meinen ersten Weihnachten passiert war und so weiter und so fort ...

„Sieh mal, Kathy, kannst du dich daran noch erinnern?" Onkel Mark zeigte auf ein Foto, auf dem ich mit einem Dreirad zu sehen war. „Wir waren zusammen draußen, und ich habe dich über den ganzen Gehweg geschoben, immer auf und ab. Erinnerst du dich noch?"

„Nein." Das Mädchen auf dem Foto machte auch einen etwas genervten Eindruck auf mich.

Vielleicht hätte es Onkel Mark ja gerne gesagt, dass er aufhören sollte, es ständig hin und her zu schieben, und dass er es in Ruhe lassen sollte.

„An das hier erinnerst du dich bestimmt", sagte Rainey und grinste, als wüsste sie die Lösung für ein Gewinnspiel. „Na, wer ist das?" Sie hielt das Foto eines Mannes in kurzen Hosen und T-Shirt hoch. Er stand mit verschränkten Armen an einem Strand.

„Das weiß ich nicht", antwortete ich teilnahmslos.

Sie hörte auf zu lächeln. „Aber Kathy, das ist dein Vater!"

„Oh." Ich nahm das Foto. Mein Vater. Er war leicht untersetzt, hatte braune Haare und leuchtende Augen. Das Wort „stolz" schoss mir durch den Kopf. Er machte einen starken Eindruck und wirkte wie jemand, der einen ohne zu zögern aus dem Meer retten würde, wenn man hineinfiel und zu ertrinken drohte.

Rainey lachte gezwungen und versuchte, es mit Humor zu

nehmen. „Oh Liebes, du erkennst ja noch nicht einmal deinen eigenen Vater! Aber das macht ja nichts, wir ..."

Meine Hand zitterte und ich warf das Foto zurück auf den Stapel. „Nein, ich erkenne ihn nicht! Ich kenne keinen Einzigen von euch, versteht ihr das endlich?"

Beth biss sich auf die Unterlippe und wirkte ziemlich unglücklich. „Kat ..."

Ich sprang auf und wirbelte die Alben und die Fotos durcheinander. „Nein! Warum könnt ihr mich nicht einfach in Ruhe lassen?"

Nana stand auf und rieb sich gleichzeitig die Handflächen an ihrer Hose ab. „Kathy, hättest du vielleicht Lust, einen Augenblick lang mit mir spazieren zu gehen? Ich könnte etwas frische Luft jetzt ziemlich gut vertragen."

Nicht weit vom Haus gab es einen Kanal, wie sich herausstellte. Nana und ich gingen eine ganze Weile lang schweigend an ihm entlang und unsere Füße quatschten durch den weichen Schlamm. Das Wasser plätscherte auf den Rand des Pfades, während ich die frische Märzluft einatmete und die winterlichen Skelette der Bäume betrachtete.

„Im Frühling muss es hier unglaublich schön sein", sagte ich.

Nana nickte, warf ihren Kopf zurück und betrachtete die Bäume. „Ja, aber eigentlich mag ich es hier zu jeder Jahreszeit." Ein Baumstamm war umgefallen und lag quer auf dem Weg. Nana stieg über ihn und hielt einen der Äste für mich nach unten, als ich es ihr nachmachte.

Dann warf sie mir einen Blick zu. „Weißt du, die Leute machen sich immer so viele Gedanken über das Warum und Wofür – aber es ist gar nicht so wichtig, was früher passiert ist. Es kommt viel mehr darauf an, was man im Hier und Jetzt tut."

Ich runzelte die Stirn. „Wie meinst du das?"

Eine Strähne ihrer grauen Haare fiel ihr in die Stirn. „Na ja, es kommt mir so vor, als sei dir ein wundervolles Geschenk zuteil geworden."

Ich war fassungslos. Ein Geschenk? Sie machte wohl Witze! „Aber ich weiß ja noch nicht einmal, wer ich bin! Es ist, als wäre ich überhaupt nicht da. Beth versucht ständig, mich dazu zu bringen, mich an irgendetwas zu erinnern, aber es funktioniert nicht. Ich finde das alles einfach nur schrecklich!" Es sprudelte nur so aus mir heraus, wie ein Wasserfall, der über die Felsen donnerte.

Nana schüttelte ihren Kopf. „Oh, Kathy! Natürlich ist es nicht leicht für dich! Aber denk doch mal nach! Du siehst das Leben auf eine Art und Weise, wie es nur wenigen Menschen vergönnt ist; du bist völlig frei von all dem Ballast, den wir normalerweise mit uns herumschleppen. Alles ist ganz neu und unbelastet, als wärst du gerade erst geboren worden."

Ich wusste nicht, was ich darauf antworten sollte. Ich wandte mich ab und blickte einem Laubblatt hinterher, das am Kanal entlangflog. Nana stand neben mir und unsere Schultern berührten sich fast, als es schließlich ins Wasser fiel und von der Strömung davongetragen wurde.

Neu, dachte ich. Und unbelastet. Ich legte meinen Kopf in den Nacken und blickte in den Himmel.

„Ich wünschte ..." Dann hielt ich abrupt inne. Ein kleiner, brauner Vogel landete mitten in einem Gewirr aus Farnkraut auf dem Ufer. Dann stand er da, zwitscherte uns zu und bewegte seinen Schwanz aufgeregt auf und ab.

Nana sah mich an. „Was denn?"

Fast hätte ich gesagt, dass ich lieber hierbleiben und bei ihr wohnen würde, anstatt bei Beth. Aber das wäre vermutlich nicht besonders gut gewesen. Beth war ja schließlich Nanas Tochter. Und außerdem war das sowieso eine verrückte Idee. Ich wollte auf keinen Fall in demselben Haus wohnen wie Opa Jim!

„Ich ... frage mich nur, wie mein Vater wohl war", sagte ich. Ich sah sie an. Ich hatte nicht vorgehabt, das zu sagen, aber jetzt, wo ich es getan hatte, merkte ich, dass es stimmte.

Nana schwieg eine ganze Weile und betrachtete das Wasser, das gemächlich an uns vorbeifloss. Ihr Kiefer zuckte. „Dein Vater konnte der charmanteste Mann auf der ganzen Welt sein", sagte sie schließlich. „Beth war sich da absolut sicher, als sie ihn heiratete. Wir alle waren dieser Ansicht."

Dann verstummte sie. Ich wollte nachfragen, woran sie dachte, doch dann ließ ich es lieber sein. Ich war mir nicht sicher, ob ich es wirklich wissen wollte.

Nana machte einen sehr bewegten Eindruck. Dann lächelte sie und berührte meine Schulter. „Komm mit. Wir sollten uns jetzt langsam wieder auf den Heimweg machen. Wir waren ziemlich lange weg."

„So, jetzt kommt der schwierige Teil", sagte Richard. „Wenn du die Karte gefunden hast, musst du sie verschwinden lassen, und zwar so." Er hielt seine Hand hoch und zeigte mir die Kreuz Zehn. Dann ließ er sie mit einer einzigen Handbewegung in seinem Ärmel verschwinden.

„Das schaffe ich niemals!", sagte ich.

Wir waren gerade mit dem Abendessen fertig, im Hintergrund lief der Fernseher und wir saßen im Wohnzimmer. Beth saß hinter uns auf dem Sofa, blätterte in einem Häkelmagazin und versuchte angestrengt, sich nicht anmerken zu lassen, dass sie jedem Wort aufmerksam lauschte.

„Klar schaffst du das", erwiderte Richard. „Du lernst das Schritt für Schritt. Jetzt nimm dir erst mal eine Karte und halte sie so." Er legte meine Hand um eine Karte. „Alles klar? Prima, dann schließ jetzt deine Hand, und zwar so, dass die Karte auf deiner Handfläche liegt, du sie aber nicht mit den Fingern berührst."

Das tat ich, und sofort fiel die Karte auf den Boden. „Ich glaube, meine Hand ist dafür nicht besonders geeignet", sagte ich.

Er lachte. „Na ja, du wirst es wohl nicht an einem Tag schaffen. Das braucht etwas Übung. Auf geht's, gleich noch mal!"

Während ich die Karte aufhob, warf ich einen Blick auf den Fernseher. Es lief irgendeine Schulsendung. Eine Gruppe Mädchen in grünen Uniformen stand auf einem Flur und unterhielt sich aufgeregt miteinander. Sofort dachte ich an Poppy und Jade und wirbelte herum.

„Beth, hast du eigentlich Poppys Mutter angerufen?"

Ihre Mundwinkel fielen herunter, sie blickte auf und sah mich mit großen, erschrockenen Augen an. „Bitte?"

Ich blinzelte verwirrt. „Hm, ... ich habe mich nur gefragt ..." Dann versagte meine Stimme und mir wurde bewusst, dass ich sie gerade „Beth" genannt hatte.

Sie legte die Zeitschrift hin. Ihre Wangen waren ganz rot. Sie wollte etwas sagen, doch dann hielt sie inne und biss sich auf die Unterlippe.

„Tut mir leid", flüsterte ich. „Das ist mir so herausgerutscht."

Schnell schüttelte sie ihren Kopf. „Nein, nein, das ist schon in Ordnung ... Ich meine, wenn du mich gerne so nennen magst ..." Sie versuchte zu lächeln. „Entschuldige bitte, was wolltest du mich fragen?"

Richard saß mir ganz still auf dem Fußboden gegenüber und musterte Beth mit besorgtem Blick. Schuldgefühle überkamen mich. Wie hatte ich nur so dumm sein können?

Beth sah mich noch immer erwartungsvoll an.

„Hm, ich wollte nur nach Poppy und Jade fragen", sagte ich und fummelte nervös an einer Karte herum. „Ob sie kommen oder nicht."

Sie nickte eifrig. „Ja, das wollte ich dir noch sagen; sie kommen morgen Nachmittag. Poppys Mutter bringt auch Jade mit. Entschuldige bitte. Ich ... ich glaube, ich muss mir mal eine Tasse Tee holen ..."

Sie sprang vom Sofa auf und verschwand in der Küche. Richard rappelte sich schnell vom Boden auf und folgte ihr. Als er an mir vorbeiging, drückte er meine Schulter.

Ich saß da zwischen den bunten Spielkarten und betrachtete sie. Alle Könige, Damen und Buben lagen wild durcheinander und blickten in verschiedene Richtungen. Schließlich sammelte ich alle Karten auf und legte das Spiel weg. Zum Üben hatte ich keine Lust mehr.

Kapitel 8

Kathy

29. Januar

Mama muss irgendetwas zu Richard gesagt haben, denn seit gestern spricht er mich nicht mehr so oft an. Er lächelt mir immer noch zu, aber er hat damit aufgehört, mir ständig irgendwelche blöden Witze zu erzählen oder mir seine Kartentricks vorzuführen. Gott sei Dank!

Heute war ich schwimmen. Ich hatte damit gerechnet, Poppy im Schwimmbad anzutreffen, weil sie sonntags oft dorthin geht, aber sie war nicht da. Ich habe zwar nicht wirklich nach ihr gesucht, schließlich musste ich mich ja aufs Schwimmen konzentrieren. Ich habe zweiunddreißig Bahnen geschafft.

30. Januar

Ich gebe mir wirklich große Mühe, in der Schule ein freundliches Gesicht zu machen, denn es ist ziemlich offensichtlich, dass ich bald keine Freunde mehr habe, wenn ich das nicht tue. Irgendwie scheint es auch zu funktionieren. Heute habe ich mit Poppy, Jade und Tina zu Mittag gegessen und so getan, als wäre alles prima und als ob es mir ganz toll ginge. Mich selbst konnte ich zwar nicht wirklich davon überzeugen, aber allen anderen schien das zu gefallen.

Ich wünschte wirklich, Mrs Boucher hätte sich jemand anderen als Tinas Vertrauensschülerin ausgesucht. Sie ist so selbstverliebt! Ich frage mich wirklich, warum Poppy und Jade das nicht bemerken. Warum finden sie sie nur so toll? Sie redet immerzu nur über ihren wunderbaren, perfekten Vater und ihre Geige. Ständig betont sie, was für eine großartige Künstlerin sie ist und wie toll sie ist. Immer nur sie, sie, sie!

Eigentlich ist das sogar ganz schön komisch, denn normalerweise ist Jade die Letzte, die sich mit einem solchen Käse zufrieden gibt. Ich frage mich wirklich, warum sie das bei Tina nicht merkt.

Na ja, ich tue einfach trotzdem so, als würde ich Tina genauso mögen, wie Poppy und Jade es tun, und wir vier hatten heute beim Mittagessen ziemlich viel Spaß miteinander, auch wenn Tina immerzu von ihrem tollen Leben geschwafelt hat (ganz herzlichen Dank dafür, das interessiert uns ja alle so sehr).

Jade gab mir einen kleinen Stups, als wir unser Geschirr wegbrachten, und sagte: „Siehst du, das ist doch gar nicht so schwer, oder?"

Ich antwortete, ich wüsste überhaupt nicht, wovon sie redete. Aber wenigstens vertragen wir uns jetzt wieder miteinander, und wenn Tina unbedingt dazugehören muss, dann werde ich schon irgendwie damit zurechtkommen.

31. Januar

In der Schule achte ich noch immer darauf, ein freundliches Gesicht zu machen. Zu Hause gebe ich mir allerdings deutlich weniger Mühe.

„Zu Hause", das ist sowieso ein Witz. Es fühlt sich nicht mehr wie ein Zuhause an. Es gibt überhaupt keinen Ort mehr, an dem Richard nicht ist. Mama und ich haben abends immer zusammen ferngesehen, aber das machen wir jetzt überhaupt nicht mehr, weil ich den Anblick nicht ertragen kann, wenn sie sich auf dem Sofa an ihren Lover kuschelt. Sie küssen sich zwar nicht in meiner Gegenwart, aber trotzdem ...

Das war ganz schön knapp! Mama kam genau in dem Augenblick herein, als ich die letzte Zeile geschrieben habe. Ich hatte Cat aus seinem Versteck geholt und es gerade noch so geschafft, ihn rechtzeitig unter mein Kopfkissen zu schieben, bevor Mama ihn entdecken konnte. Sie hat aber auf jeden Fall gesehen, dass ich etwas geschrieben habe, und ich habe ihr ganz deutlich angemerkt, dass sie vor Neugier fast gestorben wäre und zu gerne gewusst hätte, was. Auch wenn sie natürlich so getan hat, als ob ihr das völlig egal wäre. Sie sagte, im Fernsehen gäbe es einen Bericht über Pinguine, und wollte wissen, ob ich Lust hätte, ihn mir anzusehen. Pinguine mochte ich früher immer sehr.

Ich antwortete ihr, ich würde vielleicht etwas später nachkommen, und versuchte, dabei freundlich zu wirken. Sie schien noch etwas sagen zu wollen, doch sie tat es nicht und ging schließlich weg. Sofort legte ich Cat in sein Versteck zurück. Mama würde sich fürchterlich aufregen, wenn sie ihn jemals zu Gesicht bekäme, und das wäre die Sache nicht wert. Sie würde unzählige Fragen stellen, obwohl sie das ja eigentlich überhaupt nichts angeht.

Ich muss auch für dieses Tagebuch ein besseres Versteck finden. Ich kann nicht ausschließen, dass sie hier herumschnüffelt und versucht, es zu finden. Sie würde dann natürlich behaupten, sie hätte es rein zufällig entdeckt oder sie hätte es nur gelesen, weil sie sich so große Sorgen um mich macht.

Vielleicht sehe ich mir ja doch diesen Bericht noch an. Zumindest, wenn ich weit genug von diesen Turteltauben weg sitzen kann und mich nicht mit ihnen unterhalten muss.

1. Februar

Tina hat Poppy, Jade und mich gefragt, ob wir am Freitag bei ihr übernachten wollen. Poppy und Jade sind deswegen schon ganz aufgeregt. Ich habe auch so getan, als würde ich mich total darüber freuen, aber ich habe gesagt, dass ich mir nicht sicher wäre, ob Mama mir das erlaubt.

Jade lachte und sagte: „Bist du verrückt? Natürlich wird sie es dir erlauben! Für eine Nacht alleine mit Richard würde sie vermutlich alles tun!"

Seitdem geht es mir noch schlechter.

2. Februar

Tina wurde heute von ihrem Vater zur Schule gebracht und wir haben ihn alle kennengelernt. Er sieht sehr jung aus und hat lange, blonde Haare, die er zu einem Pferdeschwanz zusammengebunden hat. Er schien ganz okay zu sein. Er hat uns jedenfalls begrüßt und machte einen ganz netten Eindruck, aber er hat mich auch nicht unbedingt vom Hocker gehauen.

Poppy und Jade waren natürlich völlig verzückt. Nachdem er weg war, hörten sie gar nicht mehr damit auf, davon zu schwärmen, wie toll er doch sei und was für ein Glück Tina doch hätte. Und Tina, selbstverliebt wie immer, setzte nur ein breites Grinsen auf und sagte: „Ich weiß." Am liebsten hätte ich etwas wirklich Böses zu ihr gesagt, aber ich konnte es mir gerade noch so verkneifen.

Im weiteren Verlauf des Tages wurde es immer schlimmer, denn es ging dann nur noch um die für morgen geplante Übernachtung. Ohne Witz, es wurde wirklich jedes noch so winzige Detail genauestens besprochen. Was wir essen, was wir unternehmen und sogar, was wir denken! Sie wollen Pizza bestellen und ein paar DVDs ausleihen. Außerdem hat Tina gesagt, sie und ihr Vater hätten Bongos und Kastagnetten und wir könnten alle zusammen eine kleine Mitternachts-Jamsession machen! Sie würde natürlich Geige spielen!

Poppy und Jade hatten bisher überhaupt nichts mit Musik am Hut. Jedenfalls nicht, wenn es darum ging, selbst ein Instrument zu spielen. Aber jetzt bekamen sie sich fast gar nicht mehr ein und waren ganz aus dem Häuschen darüber, wie toll sich das doch anhören würde.

Na prima. Wir werden also Gelegenheit dazu bekommen, Tina beim Angeben an der Geige zuzuhören.

Ich hatte große Lust, ihnen zu erklären, dass sie so toll ja nun

auch wieder nicht sein kann, weil sie ja nur die dritte Stufe erreicht hat. Aber sie wissen ja noch nicht einmal, dass ich früher
auch Geige gespielt habe, und das werde ich ihnen gegenüber
auf keinen Fall erwähnen. Sie würden mir viel zu viele Fragen
stellen, und ich habe nicht die geringste Lust, auch nur eine
einzige davon zu beantworten.

Ich habe Mama noch nicht wegen morgen gefragt. Ich will
überhaupt nicht hingehen, um ehrlich zu sein. Mir reicht es völlig, Tina jeden Tag in der Schule zu sehen. Aber ich will auch
nicht, dass mich wieder alle für übellaunig halten, deswegen
habe ich Jade gesagt, ich hätte Mama schon gefragt und sie
würde darüber nachdenken. Jade hat mir darauf einen seltsamen
Blick zugeworfen und mich gefragt, worüber Mama denn da
noch nachdenken müsse.

„Ich weiß nicht", habe ich geantwortet. „Ich glaube, sie macht
sich Sorgen, weil sie Tinas Vater noch nicht kennt. Sie stellt sich
manchmal ganz schön an bei solchen Sachen."

Das war ein Fehler, denn Tina sagte sofort: „Oh, das ist doch
kein Problem, mein Vater kann sie ja anrufen."

Also musste ich ganz schnell zurückrudern und versicherte
ihnen, dass Mama am Ende ganz bestimmt doch Ja sagen würde
und dass es am besten wäre, sie einfach in Ruhe zu lassen.

Jade sagte trotzdem: „Nein, ruf sie doch jetzt an, damit wir
wissen, ob du kommen kannst!" Warum muss sie sich nur immer in alles einmischen? Ich behauptete schließlich, Mama wäre
nicht zu Hause und ihr Handy wäre kaputt. Ich bin mir nicht
sicher, ob Jade mir das geglaubt hat. Jedenfalls habe ich gesehen,
dass sie Poppy einen skeptischen Blick zugeworfen hat.

Ich musste ihr versprechen, Mama sofort zu fragen, sobald
ich sie sehen würde. Was ich natürlich noch nicht getan habe.
Ich bin jetzt schon seit Stunden zu Hause und habe noch nichts
davon erwähnt.

Ich glaube auch nicht wirklich, dass ich hingehen werde. Irgendwie habe ich ganz schöne Bauchschmerzen. Vermutlich
werde ich krank. Es wäre bestimmt das Beste, morgen einfach
zu Hause zu bleiben.

3. Februar

Um Punkt zwanzig nach zehn (große Pause!) bekam ich eine SMS von Jade. Sie fragte, warum ich nicht in der Schule sei. Ich schrieb zurück, ich hätte einen Virus, und Mama hätte gesagt, ich solle zu Hause bleiben. Und dass ich mich wirklich sehr darüber ärgern würde, dass ich heute Abend nicht zur Party kommen könnte.

Sie schrieb zurück: „Du tust doch nur so, oder?"

Und ich antwortete: „Nein, ehrlich! Fühle mich schrecklich. Sag Tina, dass es mir leidtut."

Dann schrieb sie: „Okay, bis Montag dann!" Also hat sie mir wohl geglaubt. Das hoffe ich zumindest. Und mal ganz abgesehen davon bin ich wirklich krank! Seit gestern Abend habe ich fürchterliche Magenschmerzen.

Sogar Mama hat mir das geglaubt, und ihr kann ich sowieso nichts vormachen.

Heute war jedenfalls ein toller Tag. Ich habe mich ausgeruht, und das war genau das, was ich gebraucht habe. Jetzt liege ich in meinem Bademantel auf dem Sofa, eingekuschelt in eine Bettdecke, und sehe fern (Richard ist auf der Arbeit, hurra!). Mama ist zwischen ihren Telefonterminen fast einmal pro Stunde heruntergekommen, um nach mir zu sehen. Das hat sich gut angefühlt, als wären nur wir zwei wieder zusammen. Gerade hat sie mir einen ihrer Kräutertees gemacht, um meinen Magen zu beruhigen. Die meisten davon schmecken schrecklich, aber ein paar der Beeren-Sorten sind ganz okay.

Später

Richard hat mir einen Blumenstrauß von der Arbeit mitgebracht! Er gab ihn mir mit einem breiten Grinsen und sagte: „Ich hoffe, dass es dir bald besser geht." Ich konnte spüren, dass ich total rot wurde. Ganz schön bescheuert, oder? Am liebsten hätte ich gesagt: „Netter Versuch, meine Gefühle kaufen zu wollen. Vielleicht hast du ja beim nächsten Mal mehr Glück!" Aber

stattdessen nuschelte ich nur: „Danke." Mama machte ein Riesending daraus, wie hübsch die Blumen doch wären, und stellte
sie für mich in eine Vase. Jetzt stehen sie neben meinem Bett
– Rosen, Margeriten und noch irgendwelche anderen Blumen.
Ich finde sie tatsächlich irgendwie hübsch. Er ist aber trotzdem
ein Mistkerl.

Mittlerweile ist es schon nach zehn Uhr abends und ich nehme
an, dass sich alle gut bei Tina amüsieren. Ich bin ja so froh, dass
ich krank bin und nicht hingehen musste.

Und trotzdem würde ich Tina nur zu gerne beim Geigespielen
zuhören. Nur, um zu sehen, wie gut sie ist.

4. Februar

Ich liege wieder im Bett. Heute Morgen hatte ich mich besser
gefühlt, deswegen hat Mama mir erlaubt, in die Stadt zu gehen.
Aber ich wünschte, ich wäre zu Hause geblieben, obwohl Richard den ganzen Tag hier war. Als Mama mich heute Nachmittag abholte, sagte ich ihr, dass es mir vermutlich doch noch
nicht gut genug ging, und sie legte ihre Hand auf meine Stirn,
um meine Temperatur zu fühlen. Dann sagte sie, ich hätte ein
bisschen Fieber.

Also habe ich mich jetzt wieder ins Bett gekuschelt und versuche, nicht zu weinen. Mama könnte jede Sekunde mit einem
Tee oder sonst irgendetwas hereinkommen.

Was ist nur los mit mir? Es ist ja nicht so, dass irgendetwas
Schlimmes passiert wäre! Ich bin nur ein bisschen herumspa-
ziert und habe mir die Läden angeschaut. Aber es hat sich ganz
komisch angefühlt, völlig alleine zu sein. Normalerweise sind
Poppy und Jade bei mir und irgendwann landen wir bei Ben and
Jerry's und versuchen herauszufinden, welche die verrückteste
Kombination verschiedener Eissorten ist. Heute war ich nicht
dort, denn ich hatte beim allerbesten Willen keine Lust dazu,
dort alleine herumzusitzen und mich mit Eis vollzustopfen.

Irgendwie war ich dann plötzlich mitten in der Altstadt. Dort
gehen wir sonst nie hin, weil die Läden dort alle ganz schreck-

lich sind. Aber wo ich schon mal da war, kaufte ich mir in einer Bäckerei ein Wurstbrötchen. Und dann kam ich ganz zufällig am Musikladen vorbei, und weil ich sowieso nichts Besseres zu tun hatte, ging ich hinein.

Drinnen war eine Gruppe von Jungen, die über Gitarren fachsimpelten, aber ich kannte keinen von ihnen. Die Violinen waren im hinteren Bereich auf speziellen Ständern ausgestellt. Einige davon waren unglaublich schön und erstrahlten in diesem vollen, warmen Braunton. Dann fragte mich der Verkäufer, ob ich spiele. Ich sagte Nein und verließ den Laden ganz schnell wieder.

Ich habe keine Ahnung, warum ich dort hineingegangen bin. Das war total blöd. Das alles hat überhaupt nichts mehr mit mir zu tun. Und jetzt muss ich aus irgendeinem bescheuerten Grund ständig an dieses Konzert denken, dass ich mit zehn Jahren gespielt habe. Dieses Brahms-Stück geht mir andauernd durch den Kopf, immer und immer wieder. Es war wirklich sehr schön. Ich konnte es in- und auswendig. In meinem Kopf ist das immer noch so.

Warum hat Papa das nur gesagt? Warum nur? Ich hatte so hart daran gearbeitet und gedacht, ich hätte es wirklich gut gemacht. Auch Mrs Patton, meine Lehrerin, war dieser Meinung. Als ich von der Bühne kam, umarmte sie mich fest und sagte: „Gut gemacht!"

Aber später im Auto, als wir nach Hause fuhren, sagte niemand etwas. Es entstand ein unerträgliches Schweigen. Bis Papa schließlich sagte: „Weißt du, klassische Musik konnte ich noch nie leiden. Meine Güte, die ist so langweilig!"

Mama wurde richtig rot, aber sie verteidigte mich und betonte, wie gut ich doch gespielt hätte. Sie fragte ihn, wie um alles in der Welt er so etwas sagen konnte. Aber ich saß nur wie versteinert auf der Rückbank und konnte mich kaum noch bewegen. Ich war mir nicht sicher, ob er ihr vielleicht eine Ohrfeige geben würde. Ich umklammerte meinen Geigenkasten und fühlte mich ausgeliefert und nackt. Da war ich nun mit meiner kleinen Violine – und war unglaublich traurig. Irgendwie hatte ich auch Mitleid mit meiner Violine. Als hätte Papa sie persönlich beleidigt oder so. Total albern.

Trotzdem muss ich immerzu daran denken. Keine Ahnung,

warum. Okay, Papa war ein Mistkerl, aber ich habe jede Menge Erinnerungen an ihn als Mistkerl. Warum mich ausgerechnet diese eine Erinnerung so sehr beschäftigt, kann ich beim besten Willen nicht erklären.

Jetzt weine ich doch. Mistkerl.

Kapitel 9

Kat

Ich wühlte in meinem Kleiderschrank, dass die Kleiderbügel nur so aneinanderklapperten. Ich wusste noch nicht einmal so genau, warum ich ihn eigentlich durchsuchte, denn ich wusste ja sowieso schon sehr genau, was darin war. Und wenn ihn nicht ein paar gute Feen über Nacht neu bestückt hatten, dann hatte sich an seinem Inhalt wohl kaum etwas geändert.

Und das war nicht der Fall. Wenn man gute Feen einmal wirklich brauchte, waren nie welche da.

Schließlich nahm ich ein braunes Top mit V-Ausschnitt heraus und seufzte. Ich zog es an und betrachtete mich im Spiegel. Vielleicht würde ein rotes Haarband helfen, die Sache ein bisschen aufzufrischen? Aber ich besaß natürlich keins. Das wäre ja auch zu schön gewesen.

„Egal!", sagte ich zu mir selbst. Poppy und Jade hatten mich ja vermutlich schon ziemlich oft in diesen Klamotten gesehen und würden sich wahrscheinlich überhaupt nichts dabei denken.

Ich fand sie allerdings schrecklich! Ich wollte mich wie Kat anziehen, nicht wie Kathy!

Ich warf einen Blick auf die Uhr und zog eine der Schreibtischschubladen auf. Jede Menge Stifte, alte CDs, eine angebrochene Nagellack-Flasche. Ich war offenbar nicht die Ordentlichste! Ich durchwühlte die Schublade kurz und wollte schon aufgeben, als mir plötzlich ein grünes Haargummi in die Hände fiel. Perfekt!

Ich flocht meine Haare zusammen und machte sie mit dem Gummi fest. Die grüne Farbe bewirkte zwar nicht unbedingt Wunder, aber das war immerhin schon mal besser als überhaupt nichts. Ich knallte die Schublade wieder zu und wünschte, ich hätte noch genug Zeit gehabt, meine Fingernägel zu lackieren. Es gab ein schepperndes Geräusch, als irgendetwas herunterfiel. Ich öffnete die Schublade noch einmal und spähte dahinter. Dort gab es einen Zwischenraum, einen dunklen Schacht, der bis zum Teppichboden hinunterreichte. Offenbar war eine CD dort hineingefallen.

Beths Stimme hallte durchs Treppenhaus. „Kat! Poppy und Jade sind hier!"

Mein Herz fing an zu pochen. Ich schob die Schublade wieder zurück an ihren Platz und betrachtete mich im Spiegel. Ich wünschte, man würde die Nähte auf meiner Stirn nicht mehr so deutlich sehen. Ich sah ja aus wie ein Zombie! Schnell zupfte ich meinen Pony zurecht und versuchte, sie zu verdecken. Wenigstens war die Wunde nicht mehr so rot und hässlich wie am Anfang.

„Entspann dich!", sagte ich zu mir selbst. „Es wird bestimmt schön. Sie sind schließlich deine Freundinnen!"

Ich setzte ein Lächeln auf und ging nach unten.

Zwei Mädchen saßen im Wohnzimmer nebeneinander auf dem Sofa. Eines von ihnen hatte lange, schwarze Haare, das andere einen blonden Lockenkopf. Sie sahen noch nervöser aus, als ich mich fühlte. Wir musterten einander nur gegenseitig, bis Beth die Sache schließlich in die Hand nahm.

„Kat, das ist Jade ..." Sie legte ihre Hand auf die Schulter des dunkelhaarigen Mädchens. „Und das ist Poppy."

„Hallo", sagte ich.

Poppy betrachtete meine Stirn. „Hallo." Sie kicherte nervös.

Jade senkte ihren Blick und eine ihrer dicken, schwarzen Strähnen fiel über ihre Schulter.

„Also, dann hole ich euch jetzt mal etwas zu trinken", sagte Beth. „Bin sofort wieder da." Dann verschwand sie in der Küche.

Ich musterte Jade immerzu und plötzlich bemerkte ich, dass sie mir bekannt vorkam. Sie kam mir tatsächlich bekannt vor! Ich hatte sie schon einmal gesehen, da war ich mir absolut sicher. Aber wo? War das etwa eine Erinnerung aus der Zeit, als ich noch Kathy gewesen war?

Poppy kniff die Lippen zusammen. Ihre blauen Augen waren

weit aufgerissen und ihr Blick wirkte fast ängstlich. „Kathy, also ich meine Kat ... Kannst du dich wirklich nicht daran erinnern, dass wir Freundinnen sind?"

Ich schüttelte meinen Kopf. „Nein, ich glaube nicht." Ich setzte mich neben sie aufs Sofa und warf einen Blick hinüber zu Jade. „Aber es ist komisch – irgendwie habe ich das Gefühl, als hätte ich dich schon einmal gesehen. Ich habe aber keine Ahnung, wo das gewesen sein könnte."

Jade verzog ihr Gesicht. „Aha. Du kannst dich also tatsächlich an mich erinnern?" Sie sah Poppy an.

Ich runzelte meine Stirn und war mir nicht sicher, was ihr Unterton zu bedeuten hatte. „Hm, ich bin mir nicht sicher. Kann schon sein."

„Aber ansonsten erinnerst du dich an nichts?"

Ich schüttelte vorsichtig meinen Kopf und fragte mich, worauf sie hinauswollte.

„So, bitte sehr", sagte Beth, als sie aus der Küche zurückkam. „Cola und Kekse für alle." Sie stellte ein Tablett auf den Kaffeetisch und ihr dunkler Pony fiel ihr in die Stirn, als sie sich bückte.

„Vielen Dank, Miss Yates", sagte Poppy und nahm sich einen Keks.

Jade nahm sich eine Cola.

Beth lächelte freundlich und wartete eine Weile. Als niemand etwas sagte, seufzte sie. „Nun, dann werde ich wohl mal wieder gehen und euch ein bisschen alleine lassen, damit ihr euch ungestört unterhalten könnt."

Wir drei saßen regungslos nebeneinander, bis wir hörten, dass die Tür zu ihrem Arbeitszimmer ins Schloss fiel. Dann sah Jade mich wieder an und warf ihre Haare zurück. „Du kannst dich also an überhaupt nichts erinnern?"

Ich schüttelte meinen Kopf. „Nein."

Ihre Augen wanderten wieder zu Poppy. „An wirklich gar nichts?"

Ärger blitzte in mir auf. Und plötzlich wusste ich, wo ich Jade schon einmal gesehen hatte. „Ich erinnere mich an dich", sagte ich. „Du warst da, nachdem ich von dem Auto angefahren wurde. Da war dieses rothaarige Mädchen und du hast deinen Arm um es gelegt und irgendetwas zu ihm gesagt."

Jade setzte sich langsam auf. Ihr Blick verhärtete sich. „Ja, ich war dort. Aber warum sagst du nichts von Poppy? Sie war auch dort."

Poppy? Ich sah sie an und versuchte, mich zu erinnern. „Stimmt das?"

Sie wurde rot. Dann senkte sie ihren Blick aufs Sofa und spielte an einem losen Faden herum. „Hm, ja ... Ich habe den Sanitätern gesagt, wie du heißt."

Mit einem Schlag fiel mir alles wieder ein. Auch die Blicke, die sie sich zugeworfen hatten, bevor irgendeine von ihnen ein Wort gesagt hatte.

„Richtig", sagte ich. „Ich erinnere mich."

Poppy lächelte verlegen, blickte weg und rieb ihre Hände an ihren Beinen. Wir drei rutschen eine gefühlte Ewigkeit nervös auf dem Sofa hin und her. Jade hatte ihre Beine übereinandergeschlagen und tippte immerzu mit dem Fuß auf den Boden, als würden wir Musik hören. Außerdem warfen sie und Jade einander immer wieder Blicke zu. Ich hatte keine Ahnung, was in ihnen vorging, aber es machte mich immer unruhiger.

Poppy räusperte sich schließlich. „Hm, sag mal, Kat ... Das muss doch ziemlich komisch sein, wenn man sich an gar nichts mehr erinnern kann, oder?", fragte sie mit dünner Stimme.

Jade schnaubte und sah weg. „Ja, ‚komisch' trifft es wohl am besten", murmelte sie.

Ich spürte ein schmerzhaftes Stechen in meiner Schulter. „Wie meinst du das?"

Sie klopfte mit den Fingern auf dem Sofa herum. „Na ja, Amnesie hört sich doch irgendwie nach einem schlechten Scherz an, das meine ich. Und sie dürfte dir ja wohl auch ein kleines bisschen zu gut in den Kram passen, ausgerechnet jetzt. Meinst du nicht auch?"

Poppy kniff die Lippen zusammen. „Jade, vielleicht ..."

„Ach, komm schon! Du glaubst das doch nicht etwa?" Jade warf einen Blick in Richtung der Treppe und senkte ihre Stimme. „Nach allem, was passiert ist, kannst du doch nicht glauben, dass sie die Wahrheit sagt!"

„Das tue ich aber!", platzte es aus mir heraus. „Ich habe eine Amnesie, du kannst ja meine Ärzte fragen!"

Jade lachte spöttisch. „Ja, genau. Als ob wir das tun würden. Außerdem ist es ja vermutlich nicht besonders schwer, so etwas vorzutäuschen. Man muss einfach immer nur sagen: ‚Daran kann ich mich nicht erinnern, daran kann ich mich nicht erinnern ...'" Sie wackelte mit dem Kopf hin und her und machte eine hohe, singende Stimme.

Es fuhr mir eiskalt den Rücken hinunter.

„Halt den Mund, Jade!" Poppy beugte sich nach vorne. „Und was ist mit Tina, Kathy? Kannst du dich an sie erinnern?"

Ich schluckte. „Ich glaube, meine Mutter hat sie erwähnt. Ist sie eine Freundin von mir?" Im Gegensatz zu euch beiden, fügte ich in Gedanken hinzu.

Jade prustete. „Eine Freundin? Das glaube ich wohl eher nicht!" Sie wirbelte herum zu Poppy. „Bitte sag mir, dass du nicht auf dieses unschuldige Getue hereinfällst! Nicht nach allem, was ich dir erzählt habe!"

Poppy lehnte sich zurück und musterte mich. „Ich weiß nicht", sagte sie dann. „Auf mich wirkt es ziemlich ..."

„Ziemlich was?" Ich sprang vom Sofa auf. Ich konnte es keinen Moment länger ertragen, so nahe bei ihnen zu sitzen. „Wovon redet ihr beide eigentlich?"

„Ich bin mir ziemlich sicher, dass du das weißt." Jade stieg das Blut ins Gesicht. „Und zwar sehr genau! Kann sein, dass du deinen Ärzten, deiner Mutter und allen anderen etwas vormachen kannst, aber uns kannst du nicht an der Nase herumführen! Von wegen Amnesie! Du machst mich ganz krank!"

Sie sprang vom Sofa auf und schnappte sich eine kleine, schwarze Tasche. „Ach, übrigens, willst du wissen, was ich zu dem rothaarigen Mädchen gesagt habe? Ich habe ihm gesagt, dass es nicht unsere Schuld war, dass du auf die Straße gelaufen bist."

Ich sah sie an. „Eure Schuld? Aber warum sollte es eure Schuld gewesen sein?"

„Weil du uns gesehen hast und einfach weggerannt bist. Deshalb", sagte Jade schnippisch.

Es durchfuhr mich. „Warum hätte ich das tun sollen?"

Sie funkelte mich an. „Hm, dann lass uns doch mal überlegen. Vielleicht hattest du Angst vor uns? Und vielleicht hattest du damit absolut recht? Komm, Poppy! Ich habe so langsam wirklich die Nase voll von diesem Mist."

Poppy stand mit grimmigem Blick auf. „Ja, es ist wohl besser, wenn wir jetzt gehen."

Jade warf sich ihre Jacke über, zog sich die Haare aus dem Kragen heraus und hängte sich ihre Tasche über die Schulter. „Komm mit! Wir können von hier aus zu Fuß in die Stadt gehen, deine Mutter kann uns dort abholen."

Ich folgte ihnen zur Eingangstür und fühlte mich benommen. Als wäre gerade ein Tornado durchs Haus gefegt. „Aber ich verstehe das nicht ... Ich meine, es hieß doch, ihr wärt meine Freundinnen ..." Meine Stimme versagte.

Jade ignorierte mich und wickelte sich ihren Schal um den Hals.

Meine Fingernägel bohrten sich in meine Handflächen. „Warum seid ihr denn überhaupt hergekommen, wenn ihr mich so sehr hasst?"

Jade warf mir einen bösen Blick zu. „Weil meine Mutter mich dazu gezwungen hat", antwortete sie kalt. „Und ich wollte ihr nicht verraten, was passiert ist. Es gibt eben auch Leute, die ein Geheimnis für sich behalten können."

„Tschüs", murmelte Poppy, als sie gingen.

Ich griff nach ihrem Arm. „Warte, Poppy! Was bedeutet das alles? Warum sagst du es mir denn nicht?"

Sie riss sich heftig von mir los. „Ich denke, dass Jade recht hat – du weißt es ganz genau. Und das ist wirklich ganz abscheulich von dir, Kathy." Sie beeilte sich, um Jade einzuholen, und knöpfte sich ihren Mantel im Gehen zu.

Beth hatte nicht gehört, dass sie gegangen waren. Das war das einzig Gute daran. Ich schüttete die Cola-Reste in den Abfluss und packte die übrig gebliebenen Kekse wieder ein. Dann setzte ich mich auf den Rand des Sofas, kaute an meinen Fingernägeln herum und grübelte lange darüber nach, was wohl vorgefallen war.

Sie hassten mich, das war ziemlich offensichtlich. Aber warum nur? Sie sollten eigentlich meine Freundinnen sein! Ich rieb meine Arme, mir war schrecklich kalt. Hatte ich wirklich so große Angst vor ihnen gehabt, dass ich einfach auf die befahrene Straße gerannt war?

Ich schluckte schwer. Vielleicht hatte ich ja auch überhaupt keine Freundinnen gehabt.

Ich schreckte auf, als ich hörte, dass Beth die Treppe herunterkam. Schnell rannte ich zum Sideboard, schnappte mir Richards Kartenspiel und verteilte die Karten auf dem Tisch. Als Beth zur Tür hereinkam, nahm ich einige Karten auf und übte Richards Trick.

Sie blickte sich irritiert um. „Wo sind denn Poppy und Jade?"

„Sie sind gerade gegangen." Ich wandte meinen Blick nicht von den Karten ab. Es hätte keinen Sinn gehabt, irgendetwas von all dem erklären zu wollen. Und ganz besonders nicht bei Beth.

„Oh. Na, wie ist es denn gelaufen?", fragte sie. „Habt ihr euch gut amüsiert?" Ihre Augen strahlten mich hoffnungsvoll an, denn natürlich war das, was sie wirklich wissen wollte: „Hast du dich an etwas erinnert? An irgendetwas? Bitte, bitte?"

„Ja, es war toll", antwortete ich. „Sie waren wirklich sehr nett." Ich drehte die Herz Neun um. Selbst auf mich wirkte meine Stimme nicht gerade besonders begeistert.

„Und, hast du dich ...?" Beth hielt inne und biss sich auf die Lippen. Schließlich setzte sie den Wasserkessel auf und lächelte mir zu. „Schön", sagte sie. „Das freut mich."

Kapitel 10

Kathy

6. Februar

Das Letzte, was ich wollte, war, heute zur Schule zu gehen und mir von allen anzuhören, wie toll Tinas Party doch gewesen sei. Aber Mama bestand darauf, dass ich zum Arzt gehen müsste, wenn ich zu Hause bleiben wollte. Ich wünschte, ich wäre zum Arzt gegangen. Etwas Schlimmeres hätte wohl kaum passieren können – Poppy, Jade und Tina haben mich am Samstag in der Stadt gesehen! Ich habe sie überhaupt nicht bemerkt.

Jade kam heute Morgen direkt zu mir und sagte: „Mir war klar, dass du gelogen hast."

Ich erwiderte natürlich, dass das nicht wahr wäre, und fragte sie, was sie damit meinte.

Sie antwortete: „Hey, wir haben dich gesehen."

Es stellte sich heraus, dass sie am Samstagnachmittag zusammen im Kino waren und mich im Debenham's gesehen haben, als ich mir dort eine Jacke angesehen habe.

Ich versuchte zu erklären, dass der Virus nur so eine Vierundzwanzig-Stunden-Sache gewesen und dass ich am Freitag wirklich richtig krank gewesen wäre. Ich sagte, sie könne ja meine Mutter fragen, wenn sie mir nicht glaubte. In der Zwischenzeit war auch Poppy zu uns gekommen. Sie und Jade sahen mich nur an und sagten kein einziges Wort. Ich holte mein Handy heraus und sagte: „Also schön, dann ruft sie doch an!"

Jade sagte, ich wäre hysterisch und sie würde natürlich nicht bei meiner Mutter anrufen. Ich forderte sie auf, sich dann auch bitteschön nicht länger wie ein Privatdetektiv zu benehmen. Woraufhin sie richtig fies wurde und sagte, sie hätte genug von mir und meinem unwirschen, komischen Benehmen. Sie sagte, ich hätte mich seit Richards Einzug ziemlich zum Negativen verändert und ich würde meinen ganzen Frust grundlos an Tina auslassen.

„Warum hasst du Tina nur so sehr?", fragte Poppy. „Wir verstehen das einfach nicht."

„Ich hasse Tina doch überhaupt nicht!", antwortete ich. „Ich war krank!" So ging es noch eine Ewigkeit lang hin und her. Ich merkte deutlich, dass sie mir kein Wort glaubten. Das ist so unfair! Warum ist es denn ein so großes Verbrechen, Tina nicht zu mögen? Ist sie etwa so etwas wie eine Göttin, vor der wir uns alle verneigen und die wir alle anbeten müssen?

Jade sagte schließlich, sie würde mir nicht glauben und ich wäre nur deshalb nicht zu Tina gegangen, weil ich neidisch auf sie wäre. Neidisch! Das ist doch einfach lächerlich! Ich meine, worauf denn? Etwa auf ihre Zöpfe? Oder auf ihr sogenanntes Geigenspiel? Oder auf ihren Vater?

Ich habe ihnen das gesagt, aber Poppy hat nur geprustet und mit ungeduldigem Unterton erwidert: „Oh, Kathy!" Dann hat die Klingel geläutet und die beiden sind zusammen weggegangen. Vorher hat Jade noch gesagt, Tina hätte den Eindruck, ich könne sie nicht leiden, und dass sie Mrs Boucher darum bitten will, ihr eine andere Vertrauensschülerin zuzuteilen.

Das hätte mir jetzt gerade noch gefehlt, dass Mrs Boucher bei Mama anruft und ihr sagt, dass Tina eine neue Vertrauensschülerin haben will, weil ich so schrecklich zu ihr bin. Als es zur Pause klingelte, ging ich also schnell zu Tina, bevor Poppy und Jade sie wieder in Beschlag nehmen konnten, und versuchte, ihr die Sache mit meiner Krankheit zu erklären. Außerdem sagte ich ihr, ich hätte mich wahnsinnig darüber geärgert, dass ich nicht zu ihrer Party kommen konnte, und dass ich sie liebend gerne besuchen würde, wann immer sie Lust darauf hätte.

Anfangs schien sie keine große Lust zu haben, mit mir zu reden, aber schließlich lächelte sie und sagte: „Ja, das ist mir auch schon passiert, dass es mir doch viel schlechter ging, als ich vorher gedacht hätte."

„Es tut mir wirklich leid", wiederholte ich. Sie sagte, das sei schon in Ordnung, aber es sei wirklich sehr schade, dass ich ihre Party verpasst hätte. Sie fing an, mir davon zu erzählen, und ich bin wirklich wahnsinnig froh darüber, dass ich nicht dort war. Es hörte sich an, als hätten sie die ganze Zeit nur mit ihrem perfekten Vater herumgehangen und auf der Geige herumgepfuscht. Ich machte trotzdem gute Miene zum bösen Spiel und tat so, als könnte ich es kaum erwarten, sie endlich besuchen zu dürfen.

Gerade, als Tina mir das alles erzählte, kamen Poppy und Jade zu uns, und Jade sagte: „Aha, vertragt ihr beide euch jetzt wieder?" Ich fand das ziemlich hinterhältig von ihr, aber Tina lachte nur und antwortete: „Ja, alles klar."

Jetzt werde ich Tina wohl irgendwann besuchen müssen. Lieber Gott, bitte lass sie vergessen, mich einzuladen!

8. Februar

Heute Abend habe ich versucht, mit Mama zu reden. Ich hätte wissen müssen, dass das ein großer Fehler sein würde! Aber Richard musste länger arbeiten, also hat Mama zur Abwechslung mal wieder das Abendessen zubereitet und wir beide waren ganz alleine, genau wie früher. Ich will ja nicht behaupten, dass wir uns damals nie gestritten hätten, aber wir kamen auf jeden Fall sehr viel besser miteinander klar als in der letzten Zeit.

Sie wollte wissen, wie es in der Schule so läuft, und ich erzählte ihr von meinem Naturwissenschaftsprojekt und der Geschichtsarbeit, die ich gerade zurückbekommen habe (Mist, schon wieder ein C – das habe ich aber nicht erwähnt). Keine Ahnung, eigentlich haben wir uns gerade ziemlich gut verstanden, deswegen kam ich auf die bescheuerte Idee, ich könnte mich mit ihr vielleicht über Papa unterhalten.

Ich war mir aber nicht so ganz sicher, wie ich es anstellen sollte. Also sagte ich schließlich nur, dass ich mir gewünscht hätte, ich hätte Papa noch einmal sehen können. Sie antwortete, sie hätte sich das auch für mich gewünscht, worauf ich erwiderte: „Aber das wäre möglich gewesen, wenn du es mir nicht verboten hättest!"

Ich wollte ihr wirklich nicht zu nahe treten, ganz ehrlich! Ich glaube, ich wollte einfach nur hören, dass es ihr leidtut. Oder wenigstens irgendetwas. Aber stattdessen fing sie an, mir zu erzählen, wie schwer die Scheidung für sie gewesen war. Sie ritt ewig darauf herum, bis sie schließlich sagte, es hätte viele Dinge gegeben, von denen ich nichts wüsste und die ihre Entscheidung damals stark beeinflusst hätten.

„Was denn zum Beispiel?", fragte ich, aber sie wollte es mir nicht verraten. Also sagte ich: „Ja, klar, vermutlich hat es überhaupt keinen richtigen Grund gegeben!"

Sie gab sich alle Mühe, ruhig und verständnisvoll zu bleiben, aber sie wollte mir trotzdem nichts verraten und sagte, ich solle ihr einfach vertrauen. Klar. Vertrauen. Ich wies sie darauf hin, dass sie Richard bei uns einziehen ließ, obwohl sie ganz genau wusste, dass mir das nicht recht war, und fragte sie, wie ich ihr da noch vertrauen sollte. Das kam allerdings nicht besonders gut bei ihr an, und das ist noch vorsichtig formuliert. Irgendwann schrien wir uns nur noch gegenseitig an, und sie behauptete wieder, ich wäre egoistisch. Schließlich schickte sie mich in mein Zimmer. Ich knallte die Tür so fest zu, dass ein Stückchen Putz von der Wand fiel. Sehr gut!

Das ist so ungerecht! Er war schließlich mein Vater. Warum erzählt sie mir also nicht einfach, was passiert ist? Falls überhaupt tatsächlich irgendetwas Geheimnisvolles passiert ist, was ich ernsthaft bezweifle. Ich persönlich vermute ja, sie war bei der Scheidung sauer auf ihn, weil er ihr nicht so viel Geld gegeben hat, wie sie sich das gewünscht hätte. Als hätte sie mir ein Preisschild verpasst und ihm nur erlaubt, mich zu besuchen, wenn er genug dafür bezahlt. Und vielleicht konnte er sich das ja auch gar nicht leisten. Ob sie sich das wohl auch einmal gefragt hat? Vielleicht hatte er ja auch einfach nur nicht genug Geld.

Später

Ich bin so traurig. Ich muss immerzu an Papa denken. Zum Beispiel daran, wie viel Angst wir manchmal vor ihm hatten und wie wir beide manchmal auf Zehenspitzen durchs Haus geschlichen sind. Und daran, dass er sie geschlagen hat. Das hat er zwar nicht sehr oft getan, aber wenn, dann war es jedes Mal ganz schrecklich.

Ich hatte nie eine Möglichkeit, mit Mama über all das zu sprechen. Ich mache ihr keine Vorwürfe, dass sie ihn verlassen hat. Ehrlich! Ich wollte ihn doch einfach nur wiedersehen, das ist alles! Mir ist klar, dass es manchmal nicht gerade leicht mit ihm war, aber trotzdem war er mein Vater. Und außerdem war er manchmal wirklich toll. Das war er wirklich. Zum Beispiel, als er mir Cat geschenkt hat. Und ich weiß absolut sicher, dass Cat ziemlich teuer war. Das beweist doch ganz eindeutig, dass er mich geliebt hat, oder?

Richard ist gerade gekommen. Mama und er unterhalten sich jetzt unten miteinander. Sie flüstern ziemlich leise. Ich hasse es, dass Mama mit ihm über all diese Dinge spricht! Er hat nicht das Geringste mit mir zu tun!

9. Februar

Mama hat gesagt, es täte ihr leid, dass wir uns so angeschrien haben. Auch egal.

In der Schule tue ich so, als wäre alles paletti. Tralala.

10. Februar

Jade ist schon ganz aufgeregt, weil bald Valentinstag ist und sie total verknallt in diesen Jungen namens Ian Lindley aus der zehnten Klasse ist. Sie will ihm ganz viele Karten schicken, auf denen steht: „Rate mal, von wem diese Karte ist." Und wenn er richtig rät, dann wird sie wohl seine Valentins-Partnerin werden.

Tina redet immer nur über ihren Vater, ihre Geige und all das Zeug. Sonst hat sie nichts zu erzählen. Manchmal kommt sie mir vor wie eine kaputte Schallplatte, bei der die Nadel immer wieder an derselben Stelle hängenbleibt. Aus irgendeinem komischen Grund scheinen Poppy und Jade das aber überhaupt nicht zu bemerken. Poppy hat heute sogar gesagt, dass sie möchte, dass wir bald alle zusammen bei ihr übernachten.

Vielleicht komme ich ja doch mit. Sie wohnt alleine mit ihrer Mutter, und eine Violine ist weit und breit nicht in Sicht.

13. Februar

Nein!!! Tina hat mich eingeladen, am Freitag bei ihr zu übernachten! Nur mich alleine, ohne Poppy und Jade. Ich wollte mich herausreden, aber die Schule war gerade aus, und ihr Vater war da, um sie abzuholen. Er sagte: „Hey, komm schon, das wird bestimmt lustig. Du musst aber wissen, dass sich das Haus noch nicht so ganz von Poppys und Jades letztem Besuch erholt hat."

Fast hätte ich gesagt, ich müsste zuerst Mama fragen, aber ich hatte Angst, er würde sie auf der Stelle anrufen. Außerdem stand Tina da und strahlte mich an, und da war es passiert. Ich saß in der Falle. Also musste ich Ja sagen.

14. Februar

Tina fragt mich immerzu, welche DVDs ich ausleihen möchte und ob ich lieber Peperoni oder Ananas auf meiner Pizza mag. Sie scheint sich wirklich sehr darauf zu freuen, dass ich zu ihr komme. Ich soll meinen Schlafsack morgen mit in die Schule nehmen und dann direkt mit ihrem Vater und ihr nach Hause fahren. Von diesem Lächeln, das ich dauernd aufsetzen muss, tut mir das Gesicht schon total weh.

Meine Güte, warum um alles in der Welt habe ich nur zugesagt? Als ich Mama deswegen gefragt habe, habe ich versucht, völlig desinteressiert zu wirken, weil ich hoffte, sie würde dann

Nein sagen. Aber sie sagte: „Aber natürlich, das hört sich nach einer Menge Spaß an." Und sie sah sehr zufrieden aus. Jede Wette, dass Jade recht hat. Wahrscheinlich hat sie schon Kerzen und Wein eingekauft, damit sie ein kuscheliges Abendessen mit ihrem bei uns wohnenden Liebhaber genießen kann.

Er hat heute Abend einen Blumenstrauß für Mama mitgebracht, gegen den meiner richtig armselig aussah. Außerdem haben sie sich gegenseitig Valentinskarten geschenkt und sich ganz verträumt angesehen. Und nach dem Abendessen habe ich sie beim Knutschen in der Küche erwischt. Sie haben sich richtig geküsst, nicht nur ihre Lippen aufeinandergepresst. Ich meine, sie haben sich richtig umarmt und ihre Zungen dabei benutzt und all das.

Es macht mich ganz krank, Mama so zu sehen. Ich habe die Küche sofort wieder verlassen, ohne ein einziges Wort zu sagen. Später kam Richard ins Wohnzimmer und fragte mich, ob Amor es heute gut mit mir gemeint hätte. Er meinte damit, ob ich irgendwelche Valentinskarten bekommen hätte.

Ich habe ihm gesagt, das ginge ihn überhaupt nichts an, und bin nach oben gegangen und habe meine Tür zugeknallt. Mama ist nicht zu mir gekommen. Ich vermute, sie ist viel zu sehr damit beschäftigt, mit ihrem Liebhaber zu knutschen, um sich für mich zu interessieren.

Ian Lindley hat übrigens nicht richtig geraten. Jade hat gesagt, dass sie ihn sowieso überhaupt nicht leiden kann.

17. Februar

Ich war dann doch nicht bei Tina. Ich möchte aber nicht darüber reden.

Später

Es ist schon nach ein Uhr nachts und ich kann nicht aufhören zu heulen. Ich gebe mir wirklich Mühe, leise zu sein, damit

Mama und Richard es nicht hören, aber ich kann einfach nicht damit aufhören.

Ich kann nicht glauben, dass ich das getan habe. Am liebsten würde ich einfach im Erdboden versinken und nie wieder auftauchen. Ich habe mich wie ein Idiot benommen, und Tina wird es mit Sicherheit allen erzählen. Alle werden es erfahren.

Am liebsten würde ich einfach nur sterben.

Kapitel 11

Kat

Nach dem Abendessen sagte ich zu Richard und Beth, ich sei müde, ging nach oben in mein Zimmer und ließ meine Finger über das Treppengeländer gleiten. Was sollte ich nur tun? Wenn Jade die Wahrheit gesagt hatte, dann hatten diese Mädchen mir vielleicht etwas Schreckliches angetan. Ich musste es herausfinden. Aber wie? Sie hatten jedenfalls nicht die Absicht, es mir freiwillig zu verraten, so viel stand fest.

Ich öffnete meine Zimmertür und riss die Augen auf. Auf meinem Bett lag eine CD. Sie war noch in ihre Plastikfolie eingeschweißt. Ich hob sie auf. Mahlers fünfte Symphonie. Richard!

Die Gedanken an Jade verflogen im Nu aus meinem Kopf. Ich umklammerte die CD und rannte die Treppe wieder hinunter. Ich strahlte übers ganze Gesicht, dass mir fast die Wangen schmerzten.

„Richard! Vielen Dank!"

Er und Beth saßen auf dem Sofa und unterhielten sich, doch sie hielten sofort inne, als ich ins Wohnzimmer stürmte. Richard lächelte. „So, du hast sie also gefunden."

„Ja! Vielen Dank! Ich freue mich riesig!" Ohne nachzudenken, bückte ich mich und umarmte ihn.

Er lachte erschrocken auf, dann erwiderte er meine Umarmung mit einem Arm. „Freut mich, dass sie dir gefällt."

„Ich werde sie mir sofort anhören." Ich strahlte die CD an. Auf der Vorderseite war ein Gemälde, das das Meer zeigte, abgedruckt, und unten stand „Royal Philharmonic Orchestra".

Beth räusperte sich. „Ich freue mich darauf, hier einmal wieder klassische Musik zu hören."

Schnell blickte ich auf. Ich dachte, ich hätte früher nur Popmusik gehört! „Habe ich denn öfters klassische Musik gehört?", fragte ich.

„Manchmal schon", antwortete Beth. „Du hast nicht alles gemocht, aber manches hast du geradezu geliebt. Mahler ist allerdings neu, glaube ich."

„Was habe ich denn sonst noch gemocht?", fragte ich leise und umklammerte die CD.

„Oh, lass mich mal nachdenken ... Mozart. Brahms. Bach. Ja, Bach hast du geliebt. Du hast ständig eines seiner Konzerte für Violine aufgelegt."

„Hm, und warum habe ich aufgehört, diese Musik zu hören?", platzte es aus mir heraus.

Beth schüttelte den Kopf. „Darüber habe ich noch gar nicht nachgedacht. Ich glaube, du hast damit aufgehört, als du auch damit aufgehört hast, Geige zu spielen." Sie senkte ihren Blick und betrachtete ihre Hände. Eine schreckliche Stille breitete sich aus.

Plötzlich fragte ich mich, ob ich sie vielleicht auch hätte umarmen sollen. War sie etwa verletzt, weil ich das nicht getan hatte? Ich zögerte. Meine Arme fühlten sich an, als wären sie an meinem Körper festgefroren. Ich konnte es einfach nicht tun. Es hätte sich wie eine Lüge angefühlt.

Ich machte einen Schritt nach hinten. „Also, vielen Dank noch mal", sagte ich zu Richard.

Er lächelte und hob seine Hand zum Gruß. „Immer wieder gerne."

Die Musik war genauso wundervoll, wie ich sie in Erinnerung hatte. Sie begann ganz langsam, mit nur einer einzigen Trompete, und steigerte sich dann nach und nach zu einem richtigen Wirbelsturm aus Klängen. Wie ein Gewitter, das durch einen Wald hindurchzieht. Ich saß im Schneidersitz auf dem Bett, hatte meine Augen fest geschlossen und ließ mich von der Musik erfassen und davontreiben.

Schließlich war die CD zu Ende. Ich öffnete langsam meine

Augen und zog die Beine an. Dann atmete ich tief durch und sah mich in meinem Zimmer um.

Ich fing an, mich als Einheit mit meinem Zimmer zu fühlen, auch wenn es noch immer kaum etwas mit den Dingen zu tun hatte, die ich mochte. Ich hasste beispielsweise all diese Poster von Schauspielern und Popstars, die überall an den Wänden hingen. Es war, als wäre ich von einem Haufen Fremder umgeben, die mich ständig angrinsten. Auf den meisten Postern war ein Junge mit lockigen, dunklen Haaren und grüblerischem Blick zu sehen. Beth hatte mir gesagt, dass er Orlando Bloom hieß und dass ich ihn wirklich sehr, sehr gerne gemocht hatte. Offenbar hatte ich einen Film namens „Fluch der Karibik" schon viermal gesehen.

Nun betrachtete ich das Poster von Orlando, das über meinem Schreibtisch hing, und fragte mich, wie ich wohl gewesen war, als ich noch Kathy gewesen war.

Vielleicht hatte ich mit meinem alten Ich ja doch mehr gemeinsam, als ich gedacht hätte. Ob ich Mahlers Fünfte wohl gemocht hätte? Was würde mein altes Ich dazu sagen, wenn es hier wäre? Ich stellte mir kurz vor, es würde die Zimmertür öffnen und mit einem Lächeln den Raum betreten.

„Was ist nur passiert?", flüsterte ich. Warum hatte ich so viel Angst vor Jade und den anderen gehabt?

Ich sprang auf und drückte noch einmal auf die Play-Taste des CD-Spielers. Die Symphonie begann von vorne, und ich fing an, Schubladen aufzuziehen und sie zu durchwühlen. Es musste doch irgendetwas geben, das mir verriet, was passiert war und wie ich wirklich gewesen war. Und warum Poppy und Jade, die eigentlich meine besten Freundinnen sein sollten, mich jetzt hassten.

Aber da war nichts. Ich durchsuchte alle Schubladen und sogar die Schultasche, die ich bei mir gehabt hatte, als das Auto mich angefahren hatte, und die die Fahrerin gefunden und Beth gegeben hatte. Das fühlte sich ein bisschen unheimlich an. Als würde ich Sachen durchwühlen, die einem Geist gehörten.

Es waren aber nur Lese- und Arbeitsbücher darin. Ich blätterte sie durch. Ich hatte eine schwungvolle, präzise Handschrift gehabt, und Geschichte war ganz offenbar nicht mein Lieblingsfach gewesen. Zumindest ließ das viele Gekritzel am Rand darauf schließen.

Ich setzte mich zurück auf meine Fersen und seufzte. Die Musik war nun sanft und ruhig, wie der Sommerwind auf einem See. „Kathy, wo bist du?", murmelte ich. „Komm schon, jetzt hilf mir doch mal. Wo versteckst du dich nur?"

Mein Blick wanderte zum Bett. Es war ein Einzelbett, das direkt an der Wand stand und an dessen Kopfende eine kleine, weiße Leselampe befestigt war. Moment mal! Ich richtete mich etwas auf und dachte nach. Verstecken. Wenn ich die Absicht hätte, etwas zu verstecken, und auf jeden Fall verhindern wollte, dass es jemand findet, dann würde ich es nicht in eine Schublade oder gar in meine Schultasche packen. Ich würde es richtig gut verstecken.

Kurz darauf war ich schon dabei, das Bett vorsichtig ein Stück von der Wand wegzuziehen. Ich legte mich flach auf den Bauch, schob meine Hand unter die Matratze und tastete den gesamten Bereich über die ganze Bettlänge ab. Nichts. Ich runzelte die Stirn und versuchte es noch einmal. Ich schob meine Hand unter die Matratze, so weit ich nur konnte. Sie fing an zu kribbeln, als ich noch einmal die gesamte Länge des Betts absuchte.

Plötzlich stockte mir fast der Atem. Ich spürte etwas Glattes und Hartes. Ich streckte meine Finger danach aus und stupste es in meine Richtung. Dann umschloss ich es mit meiner ganzen Hand und zog es heraus.

Eine kleine Katzfigur aus Stein schmiegte sich in meine Handfläche. Sie sah mich mit einem nur schwer zu beschreibenden Gesichtsausdruck an und schien fast zu lächeln. Sie hatte einen Ohrring in einem ihrer Ohren und sah damit beinahe aus wie eine Piratenkatze.

Ich betrachtete sie fasziniert und fuhr mit meinem Finger über ihre gewölbte Wirbelsäule. Eine Katze. Ich hatte eine Katze versteckt. Und jetzt wurde ich Kat genannt. Das konnte kein Zufall sein. Dafür war es viel zu eigenartig. Als ob mein verstecktes, altes Ich versuchte, mich zu erreichen, und mich um Hilfe bat.

Ich musste schlucken und schloss meine Hand um die Figur. „Ich werde dir helfen", flüsterte ich. „Ich werde herausfinden, was passiert ist."

Bisher hatte niemand etwas darüber gesagt, wann ich wieder in die Schule gehen sollte. Und nach dem, was an diesem Nachmittag mit Poppy und Jade vorgefallen war, war das auch so ziemlich der allerletzte Ort, an den ich gehen wollte. Aber mir war jetzt klar, dass ich trotzdem hingehen musste. Denn wenn die beiden wussten, was passiert war, dann wussten es vermutlich auch noch andere.

Und ich musste es unbedingt herausfinden.

Ich sah Jades kalten Gesichtsausdruck wieder vor mir und bekam eine Gänsehaut.

„Du weißt es ganz bestimmt", sagte ich zu der Katzenfigur. „Ich wünschte, du könntest es mir verraten."

Doch sie starrte mich nur an, ganz regungslos, als hätte sie seit tausend Jahren in ihrem Versteck gelegen.

Beth wirkte ziemlich erleichtert, als ich am nächsten Morgen sagte, dass ich wieder in die Schule gehen wollte. Sie lehnte an der Arbeitsplatte in der Küche und hielt eine Tasse Kaffee in der Hand.

„Ja, das ist eine tolle Idee! Ich wollte es dir selbst in ein paar Tagen vorschlagen. Wir wollten nur abwarten, bis du dich danach fühlst. Das wird dir bestimmt sehr dabei helfen, dich wieder an alles zu erinnern."

Schon wieder meine Erinnerung. Ich kniff die Lippen zusammen und versuchte, ein Stöhnen zu unterdrücken. Okay, konnte schon sein, dass ich am Abend zuvor genau denselben Gedanken gehabt hatte, aber warum musste sie immerzu darauf herumreiten?

Zu meiner Verwunderung verzog Beth ihr Gesicht. „Tut mir leid, jetzt habe ich es schon wieder getan", sagte sie. „Ich weiß, dass ich dich damit unter Druck setze. Das will ich aber eigentlich gar nicht." Sie versuchte zu lächeln.

„Hm, für jemanden, der das eigentlich gar nicht will, machst du es aber ziemlich gründlich", dachte ich. Aber ich sagte es nicht laut.

Sie seufzte und blickte nach draußen in den Garten. Die Katze eines Nachbarn schlich darin herum, als wäre es ihr eigener. Sie hatte flauschiges, weiß-braunes Fell und einen Schwanz, der aussah wie eine Abgaswolke. Beth holte tief Luft. „Es ist nur so, dass ich dich schrecklich vermisse."

Ich zuckte steif mit den Schultern. „Es gibt mich noch. Auch wenn ich mich an nichts erinnern kann."

„Ich weiß, aber ..." Beth hielt inne und schenkte sich schnell noch einen Kaffee ein. „Ist ja auch egal. Du hast ja recht", sagte sie und rührte sich etwas Milch ein. Sie blickte auf und lächelte. Ihr Gesicht wirkte angespannt, und sie schien sich nicht besonders wohl zu fühlen. „Was hältst du von der Idee, dass ich heute einfach mal bei deiner Schulleiterin anrufe und nachfrage, was sie dazu sagt? Kannst du dich denn noch an irgendetwas aus dem Unterricht erinnern?"

Ein Teil von mir wäre am liebsten einfach nur aus dem Zimmer gerannt, ohne ihr darauf zu antworten. Dann hätte sie bis in alle Ewigkeit dastehen und darauf warten können, dass ihre wirkliche Tochter irgendwann zurückkommen würde. Stattdessen steckte ich die Hand in meine Hosentasche und fühlte das Gewicht der steinernen Katze, die es sich dort gemütlich gemacht hatte.

„Nicht wirklich", gab ich zu. „Ich habe mir gestern Abend die Bücher einmal durchgeblättert ... Aber ich bin mir sicher, dass ich alles ganz schnell wieder aufholen kann."

Beth nickte. „Die Schule ist bestimmt genau der richtige Ort für dich. Du willst wieder mit deinen Freundinnen zusammen sein, oder?"

Freundinnen. Ich versuchte zu lächeln. „Ja, auf jeden Fall."

Auch beim zweiten Besuch wirkte Dr. Perrins Büro kein bisschen einladender auf mich. Ich saß auf demselben viel zu weichen Sofa und ich verbrachte die gesamten fünfundvierzig Minuten damit, abwechselnd meine Hand in den Mund zu nehmen und sie wieder wegzuschlagen. Meine Nägel fingen ganz langsam wieder an zu wachsen und ich gab mir alle Mühe, sie nicht sofort wieder abzukauen.

Dr. Perrin las sich mit zusammengekniffenen Augen meine Traumberichte durch und nickte dabei. „Sehr interessant, Kat. Nun, in diesem Traum, den du am Donnerstag hattest und in dem du im Schnee einen großen Berg hinaufsteigst – wie hast du dich dabei gefühlt? Welche Stimmung hattest du während dieses Traums?"

Ich setzte ein nachdenkliches Gesicht auf, als ob ich wirklich angestrengt versuchte, mich zu erinnern. Ehrlich gesagt hatte ich ziemlich oft vergessen, meine Träume morgens aufzuschreiben, und mir vor etwa einer Stunde ein paar erfundene Träume ausgedacht und sie mit verschiedenen Stiften aufgeschrieben, damit sie es nicht bemerken würde.

„Hm ... Ich habe mich ganz gut gefühlt", antwortete ich.

Eine ihrer aufgemalten Augenbrauen bewegte sich ein wenig nach oben. „Keine Anzeichen von Anspannung oder Stress?"

Das war also offenbar die falsche Antwort gewesen. Ich tat so, als ob ich nachdachte. „Na ja, vielleicht ein bisschen ... Wegen dieses vielen Schnees. Ich schleppte mich durch, aber es schneite immer weiter, und ich war mir nicht sicher, wie lange ich das noch schaffen würde."

Dr. Perrins Stift kratzte auf ihrem Notizblock. Ich beobachtete fasziniert, wie ihre Frisur sich keinen Millimeter rührte, während sie sich bewegte. Nicht eine einzige Strähne verließ ihren Platz.

Sie blickte auf und zeigte mir ihr Gebiss. „Nun, das ist ganz typisch. Hattest du denn auch ein wenig Angst, dass irgendetwas Schlimmes passieren könnte, bevor du den Gipfel des Bergs erreicht hast?"

Beinahe hätte ich lachen müssen und biss mir auf die Lippen. „Hm, ein bisschen Angst hatte ich schon."

Ihre Mundwinkel bewegten sich ein Stück nach unten. „Nur ein bisschen?"

Ich rieb meine Daumen aneinander. „Vielleicht auch mehr als nur ein bisschen."

„Ah, jetzt nähern wir uns der Sache doch langsam." Kritzel, kritzel. „Kat, es ist sehr wichtig, dass du aufschreibst, was du in deinen Träumen fühlst, und zwar so genau wie möglich."

Ich nickte und versuchte mir zu merken, dass ich von jetzt an auch erfundene Gefühle zu meinen erfundenen Träumen aufschreiben musste.

Dr. Perrin rutschte auf ihrem Stuhl herum und schlug ihre dicken Beine übereinander. „Nun, deine Anspannung und deine

Angst in dem Traum haben offenbar mit dem zu tun, was du zurzeit erlebst, und der Berg steht für die vielen Rätsel, vor denen du stehst. Verstehst du das? Du hast das Gefühl, dass eine riesige Aufgabe vor dir liegt, und du hast Angst davor, sie nicht erfüllen zu können und fragst dich, wie du das schaffen sollst."

Es fuhr mir eiskalt den Rücken herunter, während sie das sagte. Ich versuchte, mir nichts anmerken zu lassen, aber mein Herz pochte so heftig wie das Schlagzeug auf einer von Kathys CDs. Das war doch nur ein erfundener Traum! Woher wusste sie all das nur?

„Und? Habe ich recht?", fragte Dr. Perrin.

Ich spürte, dass ich rot wurde. Ich zuckte mit einer Schulter, ohne Dr. Perrin anzusehen. „Ich denke schon."

„Natürlich. Das ist eine sehr schwere Zeit für dich, nicht wahr? Wie läuft es denn zu Hause? Erscheint dir dort inzwischen alles ein bisschen weniger fremd?"

„Ich bereite mich darauf vor, wieder in die Schule zu gehen", platzte es aus mir heraus.

„Oh?" Sie notierte etwas. „Und wie fühlst du dich dabei?"

Ich beobachtete ihren Stift, während er sich über das Papier bewegte. „Ich ... Na ja, etwa so, wie Sie es beschrieben haben. Ich bin mir nicht ganz sicher, ob ich das schaffe." Ich atmete tief durch und fragte mich, ob ich ihr von Poppy und Jade und deren komischem Verhalten erzählen sollte.

Noch bevor ich mich entschieden hatte, legte Dr. Perrin ihren Stift zur Seite und sah mich an. „Wollen wir uns ein paar Visualisierungen für dich überlegen?"

Hatte ich etwa irgendetwas verpasst? Ich sah sie an. „Was wollen wir uns überlegen?"

„Visualisierungen. Das ist eine Methode, bei der man sich den Erfolg vor Augen führt. Stell dir doch jetzt mal vor, dass du die Eingangstreppe zu deiner Schule hinaufgehst. Versuche, es dir so lebendig wie möglich vorzustellen. Und jetzt betrittst du das Gebäude. Stell dir vor, wie du dich mit ganz vielen Leuten anfreundest und dich wohlfühlst ..."

So machte sie noch eine ganze Weile lang weiter und konstruierte eine unechte glückliche Realität nach der anderen, dabei hätte ich mich so gerne mit ihr über meine Angst unterhalten.

Wenn sie lächelte, legte sie immer ihre Augenwinkel in Falten, als würde sie dadurch seriöser wirken oder was auch immer. Meine Güte, warum hatte ich ihr nur überhaupt irgendetwas erzählt?

Ich ging wieder dazu über, die Uhr an der Wand anzustarren.

Meine Jahrgangsleiterin hieß Mrs Boucher. Beth rief sie an und sie unterhielten sich ziemlich lange miteinander. Ehe ich mich versah, befand ich mich in einem leeren Klassenzimmer in der Schule und machte eine ganze Reihe von Tests, damit sie entscheiden konnten, was sie mit mir tun sollten.

In der Schule kam mir überhaupt nichts bekannt vor, nicht ein einziger Flur oder eine einzige Tür. Ich beugte mich über meine Tests und versuchte, mich zu konzentrieren, obwohl ich wusste, dass auch Poppy und Jade irgendwo in diesem Gebäude waren. Ich war einfach nur froh, dass ich ihnen nicht begegnete.

Abends sprach Beth noch einmal mit Mrs Boucher, und als sie dann auflegte, machte sie einen zufriedenen Eindruck. „Sie denkt, dass du nur in Mathe und Naturwissenschaften besondere Hilfe brauchst und dass du in allen anderen Fächern in deine alten Kurse zurückgehen kannst, wenn du jemanden hast, der dich ein bisschen unterstützt."

Ich saß gerade am Tisch in der Frühstücksnische, übte Richards Kartentrick und versuchte immer wieder, meine Fingerfertigkeit zu verbessern. Manchmal dachte ich schon fast, ich hätte es endlich geschafft, aber dann ließ ich wieder den ganzen Stapel fallen und musste noch einmal von vorne anfangen.

Ich starrte auf die Kreuz Dame. „Das ist großartig", sagte ich. Ich mischte das Spiel noch einmal neu, schob die Karten zusammen und beobachtete, wie die roten Karten mit den schwarzen Karten zu einer Einheit wurden.

„Sie würde eine Vertrauensschülerin für eine gute Idee halten", sagte Beth, während sie eine grüne Paprika in Scheiben schnitt. Richard musste länger arbeiten, also kümmerte sie sich zur Abwechslung einmal um das Abendessen.

Die Wunde an meinem Kopf verursachte einen stechenden Schmerz, als ich die Stirn runzelte. „Was für eine Schülerin?"

Beth wandte ihren Blick nicht von der Paprika ab, als ob es

all ihre Konzentration erforderte, sie klein zu schneiden. „Das ist eine Maßnahme, bei der sich die Schüler gegenseitig helfen sollen. Du hast das vor deinem Unfall auch gemacht ...“ Sie machte eine Pause, dann räusperte sie sich und lächelte mir zu. „Du hast einer neuen Mitschülerin namens Tina McNutt geholfen. Deswegen hat Mrs Boucher nun Tina gebeten, dir jetzt auch zu helfen.“

Tina. Meine Muskeln verkrampften sich. „Und was hat sie gesagt?“

„Sie macht das sehr gerne. Ihr trefft euch am Montag vor dem Schultor.“

Tina hasste mich also nicht! Von der Vorstellung fing mein Herz an zu pochen. Ich legte einen perfekten Kartentrick hin und musste grinsen.

Gott sei Dank! Ich hatte wenigstens eine richtige Freundin.

Kapitel 12

Kathy

18. Februar

Gerade ist Mama hereingekommen und hat mich gefragt, was mit mir los sei. Schon wieder. Am liebsten hätte ich gesagt, dass alles in Ordnung wäre, wenn sie mich endlich in Ruhe lassen würde. Stattdessen habe ich gesagt, es ginge mir gut, Tina und ich hätten uns nur ein bisschen gestritten, das wäre alles. Genau dasselbe habe ich ihr auch schon gestern Abend gesagt, als ich nach Hause gekommen bin und zweifellos ihren romantischen Abend mit Richard ruiniert habe.

Sie hat es noch eine Weile lang versucht, bis sie schließlich sagte: „Du weißt ja, wenn du darüber sprechen möchtest ..."
Dann ging sie endlich.

Ich will auf überhaupt gar keinen Fall darüber reden!

19. Februar

Mama hat mich gerade gefragt, ob ich Lust hätte, mit ihr schwimmen zu gehen. Eigentlich schwimmt sie überhaupt nicht gerne, also vermute ich mal, dass sie mich nur aus meinem Zimmer locken wollte, weil ich es noch nicht verlassen habe, seit ich nach Hause gekommen bin. Aber ich kann auf keinen Fall mit ihr gehen. Was, wenn Poppy auch dort ist? Sie würde mich ganz bestimmt danach fragen, wie es am Freitagabend gelaufen ist.

Falls sie es nicht sowieso schon weiß. Meine Güte. Mir wird ganz schlecht, wenn ich nur darüber nachdenke.

Ich werde es einmal aufschreiben. Vielleicht hilft das ja.

Das Komische ist ja, dass ich dachte, alles wäre ganz okay, als ich zum ersten Mal bei Tina zu Hause war. Sie wohnt mit ihrem Vater in diesem winzigen Haus, was mich ziemlich überraschte, weil ich gedacht hätte, es wäre alles viel geräumiger. Auch wenn mir selbst nicht ganz klar ist, wieso ich das dachte.

Wir bestellten Pizza und alberten eine Zeitlang herum. Dann gingen wir nach oben in Tinas Zimmer. Es ist fast so klein wie meins und dort hängt dieses riesige Gemälde an der Wand, das ganz offensichtlich ihr Vater gemalt hat. Es war alles ganz okay, glaube ich. Nicht wirklich umwerfend, aber okay. Am meisten fiel mir der Notenständer in der Ecke auf. Direkt daneben entdeckte ich ihren Geigenkoffer.

Ich weiß selbst nicht, warum ich das getan habe. Ich weiß es wirklich nicht. Aber ich sagte: „Spiel doch mal etwas."

Tina war einverstanden und holte ihre Violine heraus. Sie war überhaupt nicht eingebildet. Sie fing an, ein Stück zu spielen, das sie geübt hatte, und ich erkannte es sofort. Es war Mozarts Konzert Nummer 5 in A-Dur. Ich habe es vor Jahren gespielt, um meine Prüfung für die vierte Stufe zu bestehen. Ich habe es immer gerne gespielt, denn es ist so schön leicht und fröhlich, wie der Gesang von Vögeln im Wald. Ich weiß, das klingt fürchterlich kitschig, aber es ist wahr.

Jedenfalls habe ich Tina zugehört und es klang sogar ganz okay. Vielleicht ein bisschen schwammig. Ihr Lehrer hat ihr offenbar noch nicht beigebracht, wie man den Bogen richtig hält. Aber ansonsten hat sie ganz gut gespielt. Und die Musik hat mir auch gefallen. Es war sogar eigentlich ganz nett, da zu sitzen und ihr zuzuhören, und ich fing an, mich ein wenig zu entspannen.

Doch dann hörte Tina plötzlich auf zu spielen und sagte: „Hör mal, du spielst doch auch Geige, oder?"

Am liebsten wäre ich auf der Stelle in Ohnmacht gefallen. Ich hatte keine Ahnung, woher sie das wusste. Aber sie zeigte mit dem Bogen auf meine Hand und sagte, ich hätte sie bewegt, als ob ich selbst spielen würde.

Ich hätte sie einfach anlügen können. Meine Güte, warum habe ich das nicht einfach getan? Aber stattdessen habe ich ihr aus irgendeinem blöden Grund verraten, dass ich früher auch gespielt habe, und sie sagte: „Hey, dann spiel doch mal etwas!"

Ich wollte aber nicht spielen. Wirklich nicht. Die Violine ist nichts mehr für mich, damit habe ich abgeschlossen. Ich war damals ein solcher Dummkopf. Und ich wurde verletzt. Aber ein Teil von mir wollte trotzdem spielen. Also nahm ich die Geige und spielte das Konzert von Mozart.

Anfangs war ich noch ziemlich eingerostet, außerdem hatte ich überhaupt keine Hornhaut mehr auf den Fingern und die Saiten verursachten mir Schmerzen an den Fingerkuppen. Aber die Musik ergriff Besitz von mir, wie sie das immer getan hatte, und schon nach wenigen Minuten wurde mein Spiel gleichmäßiger und ausdrucksstärker. Ich spielte und spielte. Am liebsten hätte ich gar nicht mehr aufgehört.

Als ich das schließlich doch tat, fing Tina an zu schwärmen, wie toll ich doch wäre. Sie fragte, warum ich nicht in einem Orchester spielte, und so weiter und so weiter. Und dann ist es passiert. Ich schäme mich jetzt noch dafür und würde mich am liebsten verkriechen und einfach nur sterben. Ich konnte Tinas Geige nicht mehr hergeben. Ich hätte sie ihr zurückgeben müssen, aber ich konnte es einfach nicht.

Und dann habe ich sie gefragt, ob sie bereit wäre, sie mir auszuleihen. Warum habe ich das nur getan? Warum nur? Und ich konnte es auch nicht dabei belassen, selbst, als ich ihr angesehen habe, dass die Antwort Nein war – was hätte sie auch sonst antworten sollen? Nein, ich fing an, ihr zu beteuern, dass ich auch wirklich gut darauf aufpassen und sie nicht lange behalten würde. Ich habe sie geradezu angefleht.

Tina schien sich nicht besonders wohl dabei zu fühlen und sagte, sie müsse zuerst ihren Vater fragen. Da wurde mir plötzlich klar, wie dumm und erbärmlich ich ihr vorkommen musste. Ich drückte ihr ihre Geige wieder in die Hand und behauptete, dass ich sie mir sowieso nicht wirklich ausleihen wollte und dass das nur ein Witz gewesen wäre. Ich sagte, ich würde mir ihre Geige noch nicht einmal dann ausleihen wollen, wenn mein Leben davon abhing, denn Geige spielen wäre total blöd und ätzend und deswegen hätte ich ja auch damit aufgehört.

Tina starrte mich nur an, als hätte ich völlig den Verstand verloren. Vermutlich stimmte das ja auch. Na ja, ich nannte sie dann jedenfalls eine Streberin und sagte, ich hätte die Schnauze voll von ihr. Dann schnappte ich mir meine Tasche und rannte aus dem Haus.

Ich ging den ganzen Heimweg zu Fuß. Unterwegs dachte ich ein paar Mal, ich müsste mich jeden Moment übergeben. Ich brauchte ewig, und als ich schließlich zu Hause ankam, waren alle in heller Aufregung. Mr McNutt war offenbar überall herumgefahren, um nach mir zu suchen, und hatte Mama angerufen. Oh Gott!

Ich möchte das alles gar nicht so genau beschreiben, dazu bin ich jetzt viel zu müde. Es war jedenfalls nicht gerade angenehm, so viel muss genügen. Ich wurde ewig lange angeschrien, und schließlich war es Richard, der Mama dazu brachte, sich zu beruhigen, und mir sagte, dass ich ins Bett gehen sollte.

Vielleicht bin ich morgen ja wieder krank. Ich kann auf keinen Fall in die Schule gehen und Tina begegnen. Oder Jade und Poppy. Sie wird ihnen das ganz bestimmt alles erzählen! Ich fühle mich hundeelend. Als ob ich tatsächlich krank wäre.

Später

Richard ist gerade reingekommen und wollte mir einen seiner Kartentricks zeigen. Er mischte und sagte: „Das ist eine prima Therapie, wenn es einem nicht gut geht. Wie wär's damit?"

Ich antwortete ihm, dass ich dazu viel zu müde sei.

20. Februar

Gott sei Dank! Mama ist heute zu einer Tagung nach Reading gefahren, also bin ich statt in die Schule in den Park gelaufen, bis ich mir sicher war, dass beide weg waren. Dann bin ich wieder nach Hause gegangen. Es ist ein ziemlich komisches Gefühl, alleine zu Hause zu sein. Ich sehe fern, aber ich kann mich überhaupt nicht entspannen. Ich habe ständig Angst, Mama oder Richard könnten plötzlich zurückkommen.

Mir ist klar, dass ich die Sache nur aufschiebe und dass ich morgen wieder hingehen muss, aber ich kann nicht anders. Ich hätte Tina heute auf keinen Fall ins Gesicht sehen können. Oder Jade. Oder sonst irgendjemandem.

Es wurde zwanzig nach zehn, aber Jade meldete sich nicht. Ich wette, Tina hat ihnen schon lange alles erzählt! Was reden sie wohl über mich?

Später

Ich bin mit Cat unter meinem Kopfkissen eingeschlafen. Ist das nicht traurig? Als ob ich einen Beschützer bräuchte. Aber ich brauche ihn tatsächlich. Ich muss wissen, dass er da ist, wenn ich unter mein Kopfkissen greife. Er ist das Einzige, das dafür sorgt, dass ich mich nicht ganz so schlecht fühle.

21. Februar

Mama war heute zu Hause, also musste ich wieder in die Schule gehen. Es war noch viel schlimmer, als ich es erwartet hatte. Sofort, als ich ankam, entdeckte ich Poppy, Jade und Tina. Die drei standen draußen, steckten die Köpfe zusammen und tuschelten miteinander. Poppy sah mich und sie und Jade kamen sofort zu mir und wollten wissen, was genau passiert war und warum ich von Tina weggelaufen war. Ich hatte recht gehabt: Tina hatte ihnen alles erzählt! Ich zuckte nur mit den Schultern und sagte: „Ich konnte Tinas Angeberei nicht länger ertragen, sonst nichts."

„Aber du warst doch diejenige, die auf der Geige gespielt hat", sagte Jade mit hochgezogenen Augenbrauen. Dann wollte sie wissen, warum ich nie erwähnt hatte, dass ich das kann. Ich antwortete, das wäre doch keine große Sache und fast jeder könne besser spielen als Tina.

Jade starrte mich ziemlich lange an. Schließlich sagte sie: „Du bist ein richtiges Miststück geworden, Kathy." Dann drehte sie sich um und ging weg. Sie ging zurück zu Tina, die uns die ganze Zeit beobachtet hatte, und die beiden fingen an zu flüstern. Tina machte einen ziemlich aufgebrachten Eindruck, während Jade mich immerzu mit wütenden, eng zusammengekniffenen Augen anfunkelte.

Poppy sagte: „Kathy, ich verstehe das nicht. Du warst immer so nett! Und jetzt schnauzt du alles und jeden nur noch an und hasst die ganze Welt."

Ich dachte, ich müsste jeden Moment anfangen zu heulen, also bat ich sie, mich alleine zu lassen. Ich sagte ihr, sie solle davon halten, was sie wollte, und dass mir das völlig egal sei. Also ging sie zu Jade und Tina. Die drei hingen den ganzen Tag zusammen herum und zerrissen sich die Mäuler über mich. Ich weiß, dass sie über mich geredet haben, weil sie mich immer wieder ansahen. Zu allem Überfluss haben sie auch Susan, Gemma und all den anderen davon erzählt. Ich lief den größten Teil des Tages mit gesenktem Kopf durch die Gegend und versuchte, allen aus dem Weg zu gehen.

Ich hasse Tina. Ich hasse sie wirklich. Alles war perfekt, bevor sie hierhergezogen ist! Und Poppy und Jade – ich kann es kaum glauben! Ich meine, auf eine gewisse Art und Weise mache ich Tina keinen Vorwurf, dass sie es allen erzählt. Schließlich kennt sie mich ja überhaupt nicht, und ich habe mich ja auch wirklich ziemlich verrückt benommen. Aber Poppy und Jade kennen mich schon seit zwei ganzen Jahren! Wie können sie sich so sehr gegen mich wenden? Und alle anderen gegen mich aufhetzen? Ich dachte, sie wären meine Freundinnen. Ich dachte, wir wären für immer Freundinnen!

Mama kam gerade herein und fragte mich, ob ich mit ihr reden wollte. Sie sagte, ich würde einen so traurigen Eindruck machen. Sieh mal einer an. Wie kommt sie nur darauf? Ich sagte ihr, alles sei in Ordnung. Vielleicht hätte ich mich in der Zeit vor Richard gerne mit ihr unterhalten, aber neuerdings ist es ziemlich offensichtlich, dass sie sich sehr viel mehr um ihn als um mich sorgt.

Ich kann noch immer kaum glauben, dass sie mir nicht erzählen will, was damals Schlimmes zwischen Papa und ihr vorgefallen ist und warum sie mir nicht erlaubt hat, mich mit ihm zu treffen.

Später

Zu allem Überfluss muss ich auch noch jede Menge Hausaufgaben von gestern nachholen. Ich wollte gerade ein paar davon erledigen, aber es ist völlig aussichtslos. Aber das ist ja eigentlich auch egal. Es macht keinen Unterschied mehr, ob ich deswegen auch noch Ärger bekomme oder nicht.

22. Februar

Ich hasse es, zur Schule gehen zu müssen. Ich hasse es einfach nur. Alle reden ständig darüber, was bei Tina passiert ist. Gemma hat heute im Flur eine Geste gemacht, in der sie so tat, als würde sie Geige spielen, woraufhin Clare fragte: „Oh, kann ich sie mir ausleihen?" Dann haben mich beide total fies angegrinst. Ich habe so getan, als hätte ich nichts gehört, aber in meinem Inneren hatte ich das Gefühl, ich müsste jeden Moment explodieren. Diese blöden Kühe! Dasselbe gilt für Poppy und Jade. So, wie sie sich verhalten, könnte man meinen, wir wären niemals Freundinnen gewesen.

Jetzt sitze ich alleine beim Mittagessen. Tina sitzt dort, wo ich sonst immer gesessen habe. Wir sitzen normalerweise immer an demselben Tisch in der Kantine, drüben an den Fenstern, und jetzt sitzt sie genau zwischen Poppy und Jade, genau wie ich sonst immer. Sie machen einen Riesenaufstand ihretwegen und werfen mir ständig böse Blicke zu. Sogar Poppy.

Tina sollte sich vielleicht einfach mal locker machen. Klar, ich hätte sie nicht beleidigen und dann wegrennen sollen, aber mal ehrlich: Davon geht die Welt doch nicht unter! Alle tun ja fast so, als hätte ich versucht, sie zu vergiften oder so.

Vielleicht sollte ich ihr auch einfach einmal etwas wirklich Schlimmes antun, dann würde ihnen vermutlich ganz schnell klar werden, dass das überhaupt nicht so schrecklich war, wie sie alle meinen.

Kapitel 13

Kat

Ich stand vor dem Schultor und kam mir so auffällig wie ein Herpesbläschen vor, während alle an mir vorbeiströmten. Ich zog meine Tasche über die Schulter und hielt auf dem Gehweg nach Tina Ausschau. Hatte ich etwas falsch verstanden? Sollte ich mich etwa im Gebäude mit ihr treffen?

Gerade, als ich alleine ins Gebäude gehen wollte, sah ich, dass ein kleines Mädchen mit roten Zöpfen genau auf mich zukam. Es schien es nicht besonders eilig zu haben, obwohl wir ja eigentlich schon ziemlich spät dran waren.

Dann kam es näher und mir schoss etwas durch den Kopf. Rote Zöpfe. Das war das Mädchen, das Jade umarmt hatte, nachdem ich angefahren worden war.

Als es mich erreicht hatte, blieb es stehen, aber es sagte nichts. Es sah mich nur an und umklammerte den Tragegriff seiner Tasche etwas fester. Plötzlich kam mir der Gedanke, dass es vielleicht schreckliche Angst hatte.

Ich musste schlucken. „Hm ... Bist du Tina?"

Sie wurde rot. „Lass uns lieber reingehen, sonst kommen wir zu spät." Mit gesenktem Kopf lief sie mit mir über den Schulhof und betrachtete dabei ihre Füße. Die Stille zwischen uns fühlte sich an, als ob sie versuchte, uns lebendig zu begraben.

„Du warst auch dort, oder?", fragte ich.

Sie warf mir einen nervösen Blick zu. „Was meinst du?"

„Als ich angefahren wurde. Du warst mit Jade dort."

Unterdessen hatten wir die Treppe zum Eingang erreicht. Tina trug eine gehäkelte Tasche mit einer Blume darauf um ihre Schulter. Plötzlich rannte sie los und die Tasche baumelte an ihrer Seite wild hin und her. Sie verschwand im Gebäude und drehte sich noch nicht einmal mehr nach mir um.

Als ich sie schließlich einholte, hastete sie durch den Flur und blickte stur geradeaus. „Deine erste Stunde ist Mathe", sagte sie. „Ich soll dir zeigen, wo du hinmusst."

Als ich im Matheunterricht angekommen war, hatte ich keine Zeit mehr, an Tina zu denken. Oder an Jade. Oder an überhaupt irgendetwas anderes als daran, keinen allzu dummen Eindruck zu machen.

„Hat das nun jeder verstanden?", fragte Mrs Farnham, die Mathelehrerin. Sie warf einen Blick durchs Klassenzimmer und klopfte sich mit dem Stift gegen ihre Handfläche. Wir waren nur etwa fünfzehn Leute und alle außer mir nickten und machten einen gelangweilten Eindruck.

Sie lächelte mir zu. „Und wie sieht es bei dir aus, Kat?"

Ich biss mir auf die Unterlippe, als alle mich ansahen. In meinem Kopf drehte sich alles vor lauter Dezimalstellen und Zahlenreihen.

Ein Junge mit Pickeln und schwarzen Haaren stöhnte. „Können wir nicht endlich weitermachen, Miss?"

Ich seufzte. In dieser Klasse wusste niemand, dass ich an einer Amnesie litt. Ich war für alle nur eine dumme, neue Mitschülerin mit einer fetten Narbe auf der Stirn. Wenigstens waren die Fäden inzwischen gezogen worden, auch wenn ich mich deswegen nicht unbedingt besser fühlte.

„Wir werden gleich mit dem Stoff fortfahren, Tom." Mrs Farnham teilte Arbeitsblätter an alle aus, mit denen sie sich beschäftigen sollten, dann kam sie zu mir. „Lass uns das mal zusammen durchgehen, Kat. Die anderen hatte schon eine ganze Woche Zeit, sich mit der Division zu beschäftigen."

Ich kam mir nicht mehr ganz so dumm vor, als sie das sagte, aber es war trotzdem ziemlich schwer. Mrs Farnham flüsterte mir immer wieder kleine Hilfestellungen zu, während ich mich abkämpfte und irgendwelche Zahlen auf das Blatt kritzelte. „Nein, nein ... Denk daran: Du musst den Übertrag berechnen und die Dezimalstelle richtig setzen ..."

Meine Finger umschlossen den Stift fester, während ich die letzte Zahlenreihe wieder ausradierte, und ich musste an Kathy denken. Vielen Dank dafür, dass du deine mathematischen Fähigkeiten mitgenommen hast, wo auch immer du bist ...

Englisch war sogar noch schlimmer. Alle wussten sehr genau, wer ich war.

Die Lehrerin war noch nicht da, als wir hineingingen. Am Anfang plauderten alle wild durcheinander, aber als sie mich sahen, wurde es plötzlich ganz still. Tina setzte sich hin, ohne mich anzusehen.

Ich zögerte und fühlte mich beobachtet. Schließlich setzte ich mich auf den Platz direkt neben ihr. In der Sekunde, in der ich das tat, rückte sie so weit weg von mir, dass sie fast von ihrem Stuhl gefallen wäre. Ich kam mir vor, als hätte ich eine ansteckende Krankheit.

„Tina, möchtest du dich vielleicht zu Poppy und mir setzen?", fragte jemand laut.

Jade. Mein Herz fing an zu pochen. Sie und Poppy saßen an einem Tisch in der Ecke. Jade stand auf, warf ihren Kopf nach hinten und zog einen freien Stuhl heraus. „Hier ist mehr als genug Platz, wenn wir ein bisschen zusammenrücken", verkündete sie.

Ich wurde knallrot. Alle sahen zu uns und warteten gespannt darauf, was Tina jetzt tun würde.

Ein Junge mit blonden Haaren kicherte. „Oh, Zickenkrieg! Zickenkrieg!"

„Ja, Kat im Zickenkrieg!", flüsterte jemand anderes. „Sie hat doch jetzt einen neuen Namen, oder?"

Tina zögerte, dann fasste sie sich an einen ihrer Zöpfe. „Schon in Ordnung", sagte sie schließlich.

Jades dunkle Augen funkelten. „Komm schon, Tina. Du willst doch nicht etwa neben ihr sitzen?"

Noch bevor Tina antworten konnte, ging die Tür auf und eine schmale Frau mit gelockten, braunen Haaren kam hastig herein. „Tut mir leid, ich wurde aufgehalten. Bitte setzt euch alle."

Jade setzte sich ganz langsam hin und warf mir einen ziemlich bösen Blick zu.

„Kathy! Oh, ich meine natürlich Kat. Schön, dass du wieder hier bist", sagte die Frau zu mir. Sie legte einen Stapel Papier auf ihrem Pult ab und lächelte mir zu.

Die Blicke der anderen fühlten sich an wie eine Ameisenkolonie, die auf meinem ganzen Körper herumkrabbelte. „Danke", erwiderte ich.

In der Pause versteckte ich mich auf der Toilette, knabberte an meinen gerade erst wieder nachgewachsenen Fingernägeln herum und ärgerte mich über mich selbst, dass ich ein solcher Feigling war. Auf diese Weise würde ich jedenfalls ganz bestimmt nicht herausfinden, was wirklich passiert war! Aber jedes Mal, wenn ich aufstehen und nach draußen gehen wollte, um Jade und die anderen zu suchen und von ihnen zu verlangen, mir die Wahrheit zu sagen, musste ich wieder an die Blicke im Klassenzimmer denken und schaffte es einfach nicht, mich zu bewegen.

Auf die Innenseite der Toilettentür hatte jemand „Maddy & Paul, wahre Liebe für immer" gekritzelt. Es war also wenigstens irgendjemand anderes glücklich.

Ich öffnete meine Tasche und holte vorsichtig einen kleinen, in ein Taschentuch eingewickelten Gegenstand heraus. Ich legte ihn auf meinen Schoß und befreite ihn von dem dünnen, weißen Stoff, bis schließlich die kleine Katzenfigur zum Vorschein kam. Ich nahm sie in die Hand und sie schien mich anzulächeln. Als ob sie sagen wollte: „Komm schon, Kopf hoch! So schlimm ist es doch auch wieder nicht!"

Ich war mir da nicht so sicher. Vielleicht war es ja doch so schlimm? Ich fuhr mit meinem Finger über ihren Schwanz, der um ihre Beine geschwungen war. „Warum bin ich nur auf die Straße gelaufen?", flüsterte ich. „Wieso hatte ich nur so große Angst vor ihnen?"

Ich sprang erschrocken auf, als die Klingel ertönte. Ich wickelte die Katze hastig wieder ein und steckte sie zurück in meine Tasche. Als ich sie aufhob, fiel mir ein, dass ja auch die Katze eigentlich ein ziemlich großes Rätsel war.

Warum hatte ich sie nur so gut versteckt?

Nach der Pause hatten wir eine Doppelstunde Geschichte, aber diesmal sagte niemand etwas zu mir. Oder zu sonst jemandem. Der Lehrer, Mr Chappell, hatte eine ganz ruhige Stimme, aber irgendetwas in seinem Blick gab einem das Gefühl, als würde er sofort ausrasten und die Tafel nach einem werfen, wenn man seinen Unterricht störte. Was niemand tat. Es gab noch nicht einmal das leiseste Flüstern, nicht während der gesamten zwei Stunden.

Als es klingelte, schnappten alle ihre Sachen und sprangen auf. Ich stand ganz langsam auf und sah Tina an. Sie hatte mich nicht ein einziges Mal angesehen, obwohl wir wieder nebeneinander gesessen hatten.

„Hm, jetzt ist es Zeit fürs Mittagessen, oder?", fragte ich.

Sie wurde rot und wandte ihren Blick nicht von ihrer Tasche ab, während sie den Reißverschluss zuzog, als ob sie es noch nicht einmal ertragen konnte, auch nur meine Stimme zu hören.

Aus dem Augenwinkel heraus bemerkte ich, dass Poppy und Jade auf uns zukamen, und bekam einen Riesenschreck. Hey, Moment mal! Ich konnte mich doch nicht so sehr von ihnen einschüchtern lassen! Wir befanden uns schließlich mitten in einem Klassenzimmer. Was konnten sie mir schon anhaben?

Ich drehte mich zu ihnen um und straffte meine Schultern, um ihnen zu zeigen, dass ich keine Angst vor ihnen hatte. Poppy zögerte kurz und wirkte unsicher. Jade hingegen machte überhaupt keinen unsicheren Eindruck. Sie kniff die Augen zusammen und schien sich über die Gelegenheit für einen richtigen Showdown zu freuen.

„Kat, könnte ich einen Augenblick mit dir sprechen?", rief Mr Chappell von vorne.

Ich versuchte, meine Erleichterung so gut ich konnte zu verbergen, als ich zu seinem Pult ging.

Er musterte mich durch seine Drahtgestell-Brille. „Wie geht es dir? Kannst du dich denn an irgendetwas erinnern?"

„Nein, nicht wirklich." Mein Nacken fühlte sich ganz heiß an, so sehr war ich mir der Gegenwart von Poppy, Jade und Tina bewusst. Sie standen nur wenige Meter hinter mir und lauschten vermutlich gespannt jedem einzelnen Wort.

Er lächelte. „Nun, ich will mal versuchen, es nicht persönlich zu nehmen, dass du meinen Unterricht vergessen hast. Na schön, mit dem Thema ‚Römisches Reich' kannst du vermutlich nicht besonders viel anfangen, aber ... Hey, ihr da!", rief er plötzlich und blickte zur Tür.

Jade, Poppy und Tina blieben wie versteinert stehen und drehten sich zu ihm um.

„Tina, du bist doch Kats Vertrauensschülerin, oder?"

Tina schluckte schwer und ihre Wangen wurden fast genauso rot wie ihre Haare. „Ja, das bin ich."

Mr Chappell schüttelte den Kopf und klopfte mit seinem Stift auf das Pult. „Nun, dann solltest du vielleicht noch kurz auf sie warten, oder? Du musst Kat zeigen, wo die Kantine ist, wenn wir hier fertig sind."

Tina flüsterte Poppy und Jade irgendetwas zu. Dann gingen die beiden langsam weiter und warfen mir dabei Blicke zu. Mir wurde ganz flau im Magen. Es waren absolut keine freundlichen Blicke.

„Also schön", fuhr Mr Chappell fort. „Wie gesagt, du musst noch eine Woche lang durchhalten, dann fangen wir mit einem neuen Thema, den Azteken, an und du bist auf demselben Stand wie die anderen. Und wenn du bis dahin irgendwelche Hilfe brauchst, dann sagst du mir einfach Bescheid, in Ordnung?"

Ich nickte. Ich konnte geradezu spüren, dass Tina im Türrahmen stand und mich beobachtete.

„In Ordnung", sagte ich.

Schweigend gingen wir zur Kantine. In meinem Kopf formten sich Sätze wie zum Beispiel: „Vielen Dank, dass du auf mich gewartet hast, das war wirklich ganz toll von dir." Oder: „Du bist nicht besonders gesprächig, oder?"

Tina ging einfach nur neben mir her. Sie starrte geradeaus.

Ich konnte die Kantine schon riechen, bevor wir dort angekommen waren. Der Geruch von Spaghetti Bolognese und Pommes Frites hing schwer in der Luft. Tina und ich stellten uns schweigend in die Schlange. Was für eine Überraschung. Ich schob mein Tablett an der Theke entlang und nahm mir ein Sandwich und einen Salat. Das Spaghetti-Gericht war so fettig, dass es glänzte, aber Tina schien das gar nicht aufzufallen und sie legte sich noch ein Stück Knoblauch-Brot dazu.

Als wir uns schließlich an einen der Tische setzten, hielt ich es einfach nicht mehr länger aus. „Hör mal", sagte ich und packte mein Sandwich aus. „Warum kannst du mir nicht einfach verraten, warum ihr mich so sehr hasst?"

Tina zuckte zusammen und umklammerte ihre Gabel fester. Dann sah sie mich böse an. „Ich denke, dass du das sehr genau weißt."

„Ich weiß es nicht!" Ich beugte mich zu ihr. „Bitte sag es mir! Waren Poppy und Jade wirklich meine Freundinnen? Warum hatte ich dann solche Angst vor ihnen?"

„Du solltest dir das nicht gefallen lassen, Tina", sagte plötzlich eine laute Stimme von hinten.

Ich wirbelte herum. Hinter uns standen Poppy und Jade und funkelten mich an.

Jade warf ihre langen Haare nach hinten. „Tina, du solltest dich mit Mrs Boucher unterhalten. Niemand kann dich dazu zwingen, Kathys Vertrauensschülerin zu sein!"

Ich erwiderte Jades Blick und versuchte, das Zittern in meiner Stimme zu unterdrücken. „Warum sollte sie das denn nicht für mich tun? Ich habe das ja schließlich auch für sie getan, oder etwa nicht?"

Tina schnappte nach Luft und sah aus, als hätte ich ihr eine geknallt. Poppy ging sofort zu ihr und drückte ihre Schulter. „Das war ziemlich fies, sogar für deine Verhältnisse", sagte sie dann zu mir.

Ich schüttelte meinen Kopf und war den Tränen nahe. „Ich verstehe nicht ..."

„Aber so ist sie eben, nicht wahr?", sagte Jade kühl. „Komm mit, Tina. Du musst nicht hier sitzen."

Tina starrte auf ihre Spaghetti und wurde knallrot. „Hör auf damit, Jade", sagte sie leise. „Bitte."

Jade sah aus, als wollte sie etwas dagegenhalten, aber dann schnaubte sie nur und packte Poppy am Arm. „Meinetwegen. Aber ich finde wirklich, dass du mitkommen solltest, Tina. Niemand darf dich dazu zwingen, bei ihr zu sein!"

Nachdem sie weg waren, saßen Tina und ich noch lange schweigend da. Sie aß ganz langsam ihre Spaghetti und starrte auf ihren Teller. Schließlich nahm auch ich mein Sandwich wieder in die Hand, obwohl ich überhaupt keinen Hunger mehr hatte. „Weißt du, wenn du mir verraten würdest, warum ihr mich alle so sehr hasst, dann ...“

Ich zuckte zusammen, als Tina ihre Gabel plötzlich auf den Tisch warf. „Lass mich endlich in Ruhe, okay? Hast du nicht schon genug Schaden angerichtet?“

„Aber ...“

„Lass mich einfach nur in Ruhe!“ Tina schnappte sich ihre Tasche, sprang auf und schubste ihr Tablett weg. Ihr Knoblauchbrot fiel auf den Boden. Ihre roten Zöpfe wirbelten herum und schon rannte sie durch die Kantine und war verschwunden.

Ich saß alleine da und mein Kopf fühlte sich an, als würde er jeden Moment platzen. Schließlich nahm ich noch einen Bissen von meinem Sandwich. Matschiger Speck mit Käse. Ich legte es wieder hin. Es schmeckte wie nasse Pappe.

Kurz bevor es klingelte kam Poppy an meinen Tisch. „Tina will nicht mehr deine Vertrauensschülerin sein“, verkündete sie. „Also werde ich das übernehmen, damit sie keinen Ärger bekommt.“

Ich schob den Rest meines Sandwichs zurück in seine Plastikverpackung. Meine Hände zitterten. „Warum sollte sie denn Ärger bekommen, wenn ich so schrecklich bin?“

„Weil sie damit einverstanden war, es zu machen“, erwiderte Poppy. „Aber sie schafft es nicht, und ich kann ihr das beim besten Willen nicht verübeln.“

Die Klingel ertönte. Mit einem Schlag wurde es in der Kantine geschäftig. Stühle wurden gerückt und die Leute gingen zu den Mülleimern, um ihre Abfälle loszuwerden.

„Und wieso kümmert dich das?“ Ich stand auf und nahm mein Tablett. „Du denkst doch sowieso, dass ich alles nur vortäusche, oder?“

Poppy sah mich kühl an. „Ja, aber das wissen die Lehrer ja nicht.“

Nach der Schule holte Beth mich wieder ab. Früher war ich offenbar zu Fuß gegangen, aber die Strecke war über einen Kilometer lang, und sie hatte Angst, ich könnte mich verlaufen. Als ich an diesem Nachmittag ins Auto einstieg, kam mir die Idee, mich zu verlaufen, gar nicht mehr so schlimm vor.

„Wie war es?", fragte Beth mit erwartungsvollem Gesichtsausdruck.

„Toll." Mit meinem gesunden Arm warf ich meine Tasche auf
den Rücksitz und knallte die Autotür zu.

„Hast du ..." Sie hielt inne. „Ich meine, wie war der Unterricht?
Hat Tina dir alles gezeigt?"

„Ja, es war alles prima." Ich sah aus dem Fenster. Überall
wimmelte es von schwarz uniformierten Schülern, die aus der
Schule kamen und in alle Richtungen gingen. Kurz dachte ich,
ich hätte Jade gesehen, und ließ mich etwas tiefer in den Sitz
sinken, doch dann bemerkte ich, dass es jemand anderes war,
und kam mir wie ein Idiot vor. Großartig. Jetzt wurde ich zu
allem Überfluss auch noch schreckhaft.

Beth bog in die Hauptstraße ein. „Du freust dich also, dass du
wieder in der Schule warst?" Sie schielte nervös zu mir herüber.

Ich zuckte mit den Schultern. „Ja, ich denke schon."

Sie stieß einen Seufzer aus. „Kat ... warum redest du denn
nicht mit mir?"

„Aber das tue ich doch! Es tut mir leid, aber es gibt eben nicht
viel zu erzählen."

Beth bremste, als sie in einen Kreisel fuhr, und streckte ihren Kopf aus, um den Verkehr zu beobachten. „Du wirkst so
aufgebracht."

Ich senkte meinen Blick und betrachtete meinen Mantel, ohne
zu antworten. Er war schwarz und schwer, hatte schwarze Knöp-
fe und einen schwarzen Gürtel. Und um meinen Hals trug ich
einen schwarzen Schal. Meine Kleidung fühlte sich plötzlich
so an, als würde sie versuchen, mich zu erdrücken. „Ich kann
diese Klamotten einfach nicht mehr ertragen!", platzte es aus
mir heraus.

Beth sah mich überrascht an. „Wie bitte?"

„Diese Kleidung! Alles, was ich früher anhatte, war schwarz,
braun oder grau. Und meine Schuluniform ist auch schwarz. Ich
komme mir schon fast wie eine Krähe vor!"

Beth musste lachen.

„Was ist denn?", fragte ich mürrisch, zog den Schal aus und
warf ihn auf den Rücksitz.

„Es ist nur, Kat, dass ich dir schon seit Jahren gesagt habe, dass deinem Kleiderschrank ein bisschen mehr Farbe nicht schaden könnte. Vor deinem Unfall hattest du das rote Top, das ich dir geschenkt habe, nur ein einziges Mal an, und zwar, als du es anprobiert hast."

„Na schön, dann hattest du wohl recht", murmelte ich. Ich ließ mich zurück in den Sitz fallen und blickte finster auf das Armaturenbrett.

Am nächsten Kreisel wendete Beth das Auto und fuhr wieder zurück.

Ich setzte mich auf. „Wohin fahren wir?"

Sie lächelte mich an. „Wie wäre es mit einer kleinen Therapie durch ein bisschen Shopping?"

Kapitel 14

Kathy

23. Februar

Heute habe ich zusammen mit Rachel und Holly zu Mittag gegessen. Ich glaube nicht, dass sie schon wissen, was bei Tina passiert ist. Sie gehören nicht wirklich zu unserer Clique, weil sie keiner besonders mag, aber ich war verzweifelt. Ich hasse es, alleine zu essen. Das sieht doch total traurig aus, als hätte man Lepra oder so etwas.

Rachel und Holly besitzen Pferde, und offenbar sind beide schon um fünf Uhr morgens aufgestanden, um sie zu reiten und zu striegeln und all das. Sie haben sich während des gesamten Mittagessens darüber unterhalten und so getan, als wäre ich gar nicht da. Sie haben mich zwar nicht absichtlich ignoriert, aber sie waren so sehr in ihr Gespräch vertieft, dass sie mir keinerlei Beachtung schenkten.

Tina spielt immer noch die beleidigte Leberwurst, und Poppy und Jade tänzeln die ganze Zeit um sie herum, als würde sie im Sterben liegen. Soll sie doch! Die arme, kleine Tina – wie soll sie nur jemals darüber hinwegkommen, dass sie beleidigt wurde? Sie hat doch überhaupt keine Ahnung, wie es ist, wenn man ein schlimmes Erlebnis verarbeiten muss. Sie hat doch ihren perfekten Vater, der Wandbilder für sie malt und mitternächtliche Musik-Sessions mit ihr veranstaltet!

Sie hat mich heute in der Pause dabei ertappt, dass ich sie böse angesehen habe. Sie wirkte zuerst ziemlich erschrocken, dann ziemlich betrübt. Sehr gut! Es wird allerhöchste Zeit, dass sie endlich erwachsen wird.

Richard hat beim Abendessen versucht, mich in ein Gespräch zu verwickeln, und wollte wissen, wie es in der Schule war. Zur Abwechslung hat er ausnahmsweise mal keine blöden Witze gemacht, aber ich hatte trotzdem keine Lust, mich mit ihm zu unterhalten. Er hat nur gelächelt und gesagt: „Auch gut, aber einen Versuch war es wert, oder?", woraufhin Mama mir einen ziemlich bösen Blick zugeworfen hat.

Ich kann einfach nichts dagegen tun. Jedes Mal, wenn ich gerade ein bisschen anfange, mich an seine Anwesenheit hier zu gewöhnen, muss ich an Papa denken, und dann ich will ich einfach nur, dass er wieder weggeht. Papa war meine Familie. Und Mama ist meine Familie. Und Richard hat nichts damit zu tun. Es ist noch nicht einmal ein ganzes Jahr vergangen, seit Mama sich mit ihm trifft!

Ich muss an so viele Dinge denken, die mit Papa zu tun haben – zur Abwechslung auch mal an die guten. Er hat mir immer eine Gute-Nacht-Geschichte vorgelesen und mir dann einen Kuss gegeben. Seine Wangen waren immer ganz kratzig. „Gute Nacht", sagte er immer. „Und lass dich nicht von den Bettwanzen beißen." Die Sache mit den Bettwanzen hat mich immer sehr beunruhigt, bis Mama mir irgendwann erklärte, dass das nur ein Scherz war. Mir fallen noch ganz viele andere Dinge ein. Manchmal war er wirklich einfach nur großartig.

Warum hat er das also nur getan? Warum nur? Ich muss immerzu darüber nachdenken. Das hat nie wirklich aufgehört. Am schlimmsten daran war, dass er sich nie dafür entschuldigt hat. Er hatte dazu natürlich auch keine richtige Gelegenheit, weil Mama mir ja verboten hatte, ihn zu besuchen, aber er hätte mir ja auch schreiben oder mich anrufen oder sonst irgendetwas tun können.

Ich hasse es, darüber nachzudenken. Am liebsten würde ich das Thema wechseln, aber mir fällt auch nicht wirklich etwas Besseres ein. Irgendwie ist alles schrecklich.

Oh nein, ich schäme mich so! Ich dachte, es ginge mir ganz okay und ich hätte das alles ganz gut im Griff, aber als ich heute Abend in der Badewanne lag, fing ich plötzlich an zu weinen. Ich konnte nichts dagegen tun. Als ich dann wieder zurück in mein Zimmer ging, kam Richard gerade die Treppe herauf und er bemerkte sofort, dass ich geweint hatte. Das war ja auch kaum zu übersehen, denn meine Augen waren ganz feucht und geschwollen.

Am liebsten wäre ich auf der Stelle tot umgefallen. Er fragte mich, ob alles in Ordnung sei, und ich antwortete, es ginge mir gut. Er wollte noch etwas sagen, aber stattdessen nickte er nur und ging an mir vorbei in Richtung Schlafzimmer. „Sag Mama nichts, okay?", platzte es aus mir heraus. Er lächelte und sagte: „Kein Wort, mach dir keine Sorgen. Aber magst du vielleicht darüber reden? Ich kann gut zuhören."

Das hätte mir ja gerade noch gefehlt! Ich schüttelte meinen Kopf und rannte zurück in mein Zimmer. Jetzt sitze ich hier und warte darauf, dass Mama jeden Moment zur Tür hereinkommt und wissen will, was los ist. Was bis jetzt noch nicht passiert ist.

Vielleicht verrät er ihr ja wirklich nichts davon.

24. Februar

Ich habe etwas Schreckliches getan! Ich kann kaum glauben, dass ich es wirklich getan habe. Ich hatte das nicht geplant, es ist ... einfach irgendwie passiert. Und jetzt habe ich keine Ahnung, was ich tun soll. Ich kann es nicht mehr ungeschehen machen und alle werden es erfahren!

Was soll ich nur damit machen? Zum Glück ist es noch Winter und niemand kommt in die Nähe des Schuppens. Aber das ist keine Dauerlösung. Ich kann sie auf keinen Fall behalten! Was habe ich nur getan?

Ich habe große Angst. Was, wenn jemand herausfindet, dass ich es war?

Kapitel 15

Kat

Beth hatte uns zum Festival Place, einem großen Einkaufszentrum mitten in der Stadt, gefahren. Ich hatte es noch nie zuvor gesehen, und mir stand der Mund weit offen, als ich den bunten, gläsernen Turm erblickte, der weit hinauf in den Himmel ragte. Er sah aus wie irgendetwas, das aus der Zukunft gekommen war!

Auch drinnen war alles ziemlich beeindruckend. Ein Geschäft nach dem anderen, und jedes war aufregender als das vorher. Beth kaufte mir eine neue Jeans und ein paar neue Pullis, alle in verschiedenen Farben, dazu noch einen knallroten Mantel, der mir total gut gefiel. Ich zog ihn für sie an und setzte die Kapuze auf und wieder ab.

„Oh, diese Farbe steht dir wirklich ganz hervorragend", kommentierte Beth. Dann musste sie lachen. „Jetzt werde ich dich in einer Menschenmenge nie wieder verlieren, oder?"

Ich lächelte und betrachtete mich im Spiegel. „Auf keinen Fall", antwortete ich.

Danach gingen wir in ein Café und balancierten einen ganzen Berg aus Einkaufstaschen. Beth bestellte mir einen Cappuccino, und ich löffelte den Schaum herunter.

„Der ist sehr lecker", sagte ich.

„Ja, den hast du immer gern gemocht." Und zum allerersten Mal seufzte sie nicht. Sie sah auch nicht traurig aus. Sie lächelte nur und rührte ihren Kaffee um. „Das ist schön, nicht wahr? Wir sollten das öfter machen."

Ich nickte, während ich das Kakaopulver mit meinem Löffel herumwirbelte, und fragte mich, ob ich ihr wohl erzählen sollte, was in der Schule passiert war. Nein, das war keine gute Idee. Wenn sie davon erfuhr, würde sie vermutlich nicht wollen, dass ich wieder hinging, und dann würde ich wohl niemals erfahren, was passiert war.

Aber es gab noch etwas anderes, das ich unbedingt wissen wollte. Und nur Beth konnte es mir erzählen. Ich wollte anfangen zu reden, doch ich hielt sofort wieder inne.

Sie stellte ihren Kaffee ab und sah mich warm und besorgt an. „Was ist denn?"

Ich blickte hinunter auf den Tisch und fuhr das Muster des Marmors mit meinem Finger nach. „Hm ... Ich habe nur ... über meinen Vater nachgedacht."

Sie zog die Augenbrauen nach oben und schien die Kaffeetasse plötzlich wie einen Schutzschild vor sich zu halten. „Über deinen Vater?"

„Nana hat gesagt, dass er wirklich sehr nett war."

Beths Mundwinkel zuckte. „Das hat sie gesagt?"

Ich nickte und versuchte, Nanas Gesichtsausdruck und die Bitterkeit in ihrem Tonfall zu beschreiben. „Ja, aber ... ich war mir nicht sicher, ob sie das auch wirklich so gemeint hat."

Beth stieß einen Seufzer aus und ließ sich in ihren Stuhl sinken. „Oh ja, er konnte wirklich sehr nett sein", sagte sie dann. „Weißt du, Kat, es ist nur so, dass er eine ganze Menge Probleme hatte ..."

Was sollte das denn bedeuten? Ich runzelte meine Stirn. „Wie meinst du das? Etwa auf der Arbeit?"

„Nein, also ... na ja, irgendwie schon. Er war ein richtiger Workaholic. Aber nein, eigentlich meinte ich ..." Beth schob sich mit einer Hand die Haare nach hinten und schien nach den richtigen Worten zu suchen. „Er hatte eine ziemlich schwierige Kindheit", sagte sie schließlich. „Er wurde als Kind misshandelt, so würde man das wohl nennen, und sein Vater war ... na ja. Und ich will ihn ja nicht in Schutz nehmen, aber dadurch war es eben manchmal nicht gerade leicht mit ihm. Er ..."

„Beth! Hallo!" Eine Frau mit blond-braunen Strähnen in den Haaren blieb an unserem Tisch stehen. Sie trug ein Tablett mit einem Kaffee und einem Muffin. „Ihr seid wohl ein bisschen shoppen, was?"

Beth blickte erschrocken auf, dann lachte sie. „Ja, das stimmt wohl! Da hast du uns wohl auf frischer Tat ertappt, meine Liebe! Kat, das ist ..."

Ich dachte noch immer über meinen Vater nach und hatte die Frau kaum zur Notiz genommen. Aber ich sah sie an und hörte mich selbst sagen: „Sie sind Beths frühere Chefin. Aus der Zeit, direkt nachdem wir hierhergezogen waren."

Dann blinzelte ich und fragte mich, woher die Worte gekommen waren.

Beths Kopf schnellte zu mir herum, und sie sah mich fassungslos an. Ganz behutsam legte sie ihre Hand auf meinen Arm, als wäre ich ein Schmetterling, der jeden Moment davonfliegen könnte. „Kat, kannst du dich etwa wirklich an sie erinnern?"

Ich schüttelte verwirrt meinen Kopf. Ich konnte mich an überhaupt nichts erinnern. Aus irgendeinem Grund wusste ich nur irgendwie, dass diese Frau Beths frühere Chefin war.

Sie schien genauso verwirrt zu sein wie ich. Ihr Blick wanderte von Beth zu mir und wieder zurück. Dann machte sie einen Schritt zurück und sagte: „Na, dann lasse ich euch wohl besser mal wieder alleine. Es war schön, dich zu sehen, Beth."

Ich konnte Beths Blick noch immer auf mir spüren, während die Frau wegging. Sie saß völlig regungslos da und sah mich einfach nur an. Sie schien noch nicht einmal zu atmen.

Mein Magen zog sich zusammen, und als sie sich schließlich räusperte und fragte: „Wollen wir nach Hause gehen?", nickte ich nur kurz und sammelte meine Tüten ein.

Wir fuhren aber nicht nach Hause. Auf halbem Weg wechselte Beth plötzlich die Fahrspur und bog nach links in die Roman Road ein. „Lass uns doch vorher noch einmal schnell bei Dr. Perrin vorbeischauen. Vielleicht erwischen wir sie ja noch, bevor sie für heute Feierabend macht."

„Wozu denn?" Mein Herz fing an zu pochen.

„Nur zur Sicherheit." Beth sah mich an. „Vielleicht hat das ja irgendetwas Wichtiges zu bedeuten, Liebes. Wir müssen das unbedingt sofort untersuchen lassen."

Ich fing an, an meinem Fingernagel herumzukauen. „Was müssen wir untersuchen lassen?"

„Kat! Dein Gedächtnis natürlich! Vielleicht kommt es ja gerade zurück, das musst du doch einsehen!"

Ich sackte im Sitz zusammen und hasste die Aufgeregtheit in ihrer Stimme. Es war, als hätte sie die Hoffnung, ich könnte wieder Kathy sein, die ja so unendlich viel besser war als Kat, und als könnte sie es kaum erwarten, bis es so weit war. Und gerade hatte ich noch gedacht, wir hätten uns richtig gut verstanden. Ich starrte hinunter zu den Einkaufstüten, die neben meinen Füßen standen, und fing plötzlich an, sie zu hassen.

Alles wurde noch viel schlimmer, als wir am Krankenhaus ankamen.

„Nein, ich will keinen Termin vereinbaren!" Beth beugte sich nach vorne zu der Mitarbeiterin am Empfang und hielt sich mit den Händen am Schalter fest. „Hören Sie, Sie verstehen mich nicht! Meine Tochter leidet an einer Amnesie, aber heute hat sie sich zum ersten Mal an etwas erinnern können! Es ist lebenswichtig, dass wir das sofort untersuchen lassen! Ist Dr. Perrin hier? Können Sie sie nicht einfach anrufen?"

Ich stand daneben, starrte auf den gefliesten Boden und sagte kein einziges Wort. Ihre Stimme klang vor lauter Hoffnung ganz spitz und gepresst.

Beth bekam ihren Willen und schon zwanzig Minuten später saß ich in Dr. Perrins Büro. Ihre goldblonden Haare wirkten heute noch steifer als sonst, als hätte sie einen Helm auf ihrem Kopf. „Hallo, Kat. Deine Mutter hat gesagt, du hättest dich heute an etwas erinnert?"

Ich zuckte mit den Schultern und hasste die Art und Weise, wie sie ihren Stift einsatzbereit über ihren Notizblock hielt.

Sie warf mir ihr Haifisch-Lächeln zu. „Hast du dich denn nun an etwas erinnert?"

„Ich denke schon ..." Ich erzählte ihr, was vorgefallen war, und betrachtete das Foto des Mädchens mit den Feen-Flügeln an der Wand. „Ich bin mir aber nicht sicher, ob es irgendetwas zu bedeuten hatte. Außer für Beth", fügte ich verbittert hinzu.

Sie zog eine ihrer aufgemalten Augenbrauen hoch. „Oh. Wie meinst du das denn?"

Es platzte geradezu aus mir heraus: „Das ist doch das Einzige, was ihr wichtig ist. Mein Gedächtnis. Ständig fragt sie mich, ob ich mich an irgendetwas erinnern kann. Sie interessiert sich überhaupt nicht für mich. Nicht dafür, wer ich jetzt bin! Sie will einfach nur ihre Kathy zurück!"

Dr. Perrin nickte nachdenklich. „Glaubst du das wirklich?"

„Allerdings!"

„Du glaubst also nicht, dass sie sich für dich interessiert?"

Ich wurde ganz still und blickte wütend nach unten auf den hellbeigefarbenen Teppichboden. „Naja ... Sie ist geradezu versessen darauf, dass mein altes Ich wieder zurückkommt, aber es interessiert sie nicht im Geringsten, wer ich jetzt bin. Ich glaube ..." Die Worte blieben mir im Hals stecken, und ich verstummte.

„Ja?", hakte Dr. Perrin vorsichtig nach.

Ich wischte mir über die Augen. „Ich glaube, dass sie und Kathy, also sie und mein altes Ich, sich richtig gut miteinander verstanden haben. Und jetzt will sie eben ihre alte Tochter wiederhaben."

Dr. Perrin schwieg eine Weile und blickte nach unten auf ihre Notizen. Schließlich legte sie sie auf ihren Schreibtisch und sagte: „Weißt du, Kat, eine solche Amnesie ist oft sehr beunruhigend für Familienangehörige. Sie fragen sich unweigerlich, ob sie alles richtig gemacht haben oder ob sie vielleicht sogar eine Mitschuld daran tragen. Möglicherweise hofft deine Mutter, Antworten auf diese Fragen zu finden, wenn du dein Gedächtnis zurückerlangst."

Ich sah sie an und versuchte, das alles zu übersetzen. „Wollen Sie damit sagen, dass sie sich Vorwürfe macht?"

Dr. Perrin zuckte mit den Schultern. „Das wäre zumindest nichts Ungewöhnliches."

„Aber warum sollte es ihre Schuld sein?"

„Diese Angst ist vermutlich völlig unbegründet. Aber solche Ängste sind ja auch nicht immer logisch, Kat."

In meinem Inneren spürte ich ein großes, schwarzes Loch. Es war kalt, dunkel und es drehte sich. War meine Angst vor Jade und den anderen logisch gewesen? Oder hatte ich gewusst, dass etwas Schlimmeres, als von einem Auto angefahren zu werden, passiert wäre, wenn ich nicht losgerannt wäre?

Dr. Perrin lächelte mich an. Aus irgendeinem Grund kam mir ihr Gebiss gar nicht mehr so gewaltig vor wie sonst. „Dann sehen wir uns am Mittwoch zu deinem regelmäßigen Termin wieder, Kat. Schickst du mir deine Mutter bitte noch kurz herein? Ich würde mich gerne noch einen Augenblick lang mit ihr unterhalten, bevor ihr nach Hause geht."

„Sie sagte, es könnte vielleicht etwas zu bedeuten haben, vielleicht aber auch nicht", hörte ich Beths gedämpfte Stimme sagen. Ich presste mein Ohr an die Wand im Treppenhaus und lauschte. Die Tapete fühlte sich glatt und kalt an.

„War das alles?", fragte Richard. Seine Stimme klang ernsthafter, als ich sie je zuvor gehört hatte.

„Nein, das war nicht alles."

Beths Stimme verstummte, und schon kurz darauf setzte ich mich erschrocken auf, als ein Schluchzen durch das Treppenhaus zu hören war. Ich hörte Richard sagen: „So ist es gut! Lass es einfach heraus." Ich bekam Angst. Beth weinte wie ein kleines Mädchen.

Mit gepresster Stimme sagte sie: „Es tut mir leid ... es tut mir leid. Es ist nur ... oh, Richard, sie hat gesagt, dass sie mich privat besuchen möchte, und dass sie sich ziemlich sicher ist, dass das Trauma, das für ihre Amnesie verantwortlich ist, nicht durch den Autounfall ausgelöst wurde. Es sei etwas anderes gewesen, etwas Emotionales ..."

Das traf mich wie ein Schlag. War in der Schule etwas so Schlimmes vorgefallen, dass es mein gesamtes Erinnerungsvermögen ausgelöscht hatte? Oh, mein Gott! Was war nur mit mir geschehen?

„Sie sagte, Kat sei möglicherweise durch irgendetwas schon vorher so aufgebracht gewesen, dass ihr Inneres diesen Unfall als Vorwand für diesen vollständigen Rückzug benutzt hat. Es sei vielleicht der allerletzte Strohhalm gewesen, an den sie sich klammern konnte ..."

Beths Stimme war so leise, dass ich sie kaum richtig hören konnte.

„Fällt dir dazu denn irgendetwas ein?", fragte Richard.

„Nein! Ich habe viel darüber nachgedacht, aber mir fällt einfach nichts ein. Wir haben einiges durchgemacht mit ihrem Vater, aber das ist schon viele Jahre her. Und ich weiß auch, dass sie sauer auf mich war, weil du hier eingezogen bist, aber das ist doch ganz normal für einen Teenager und hat nichts zu bedeuten. Ich habe wirklich keine Ahnung, was es gewesen sein könnte!"

„Meinst du, wir sollten mit ihr darüber reden?", fragte Richard.

Ich hörte ein lautes Schnäuzen. Beth putzte sich offenbar die Nase. „Nein, nein ... Wir müssen ihr einfach die Zeit lassen, die sie braucht, um ihr Gedächtnis zurückzuerlangen. Falls sie es überhaupt jemals zurückerlangt, genauer gesagt." Sie lachte gequält. „Dr. Perrin hat gesagt, dass viele der Patienten bestimmte Teile ihres Gedächtnisses niemals zurückerlangen und dass manche Dinge für immer verloren bleiben. Das hinge nur davon ab, wie schwerwiegend das Trauma gewesen sei. Oh, Richard, was ist nur mit ihr passiert?"

Ich konnte nicht länger zuhören. Ich kroch zurück in mein Zimmer, lehnte mich an die geschlossene Tür und blickte mich um. „Denk nach! Irgendwo in diesem Zimmer müssen die Antworten auf all diese Fragen versteckt sein. Es muss einfach so sein."

Mein Blick fiel auf Kathys Computer und mein Herz fing an zu pochen. Natürlich! Darauf musste es E-Mails, Dokumente und alle möglichen anderen Hinweise geben! Ich rannte zum Rechner und schaltete ihn aufgeregt ein.

Der Monitor fing an zu leuchten. Er zeigte einen blauen Hintergrund und eine lange, schmale Dialogbox. Darin stand: „Bitte geben Sie Ihr Passwort ein." Der Cursor blinkte und wartete auf meine Eingabe. Ich blickte mit gerunzelter Stirn auf den Bildschirm, dann sah ich auf die Tastatur und fing langsam an zu tippen.

Violine.

Ich drückte die Eingabetaste.

„Ungültiges Passwort".

Cat, tippte ich dann ein.

„Ungültiges Passwort".

Schwarze Klamotten, Orlando, Popmusik.

Ungültig, ungültig, ungültig!

Ich tippte so ziemlich jedes Wort ein, das mir einfiel, aber keines davon war richtig. Schließlich gab ich auf und ging ins Bett, machte das Licht aus und kuschelte mich in meine Decke ein. Wieso hatte ich es überhaupt versucht? Kathy war mir absolut fremd. Wie hätte ich ihr Passwort erraten sollen?

Am nächsten Morgen überredete ich Beth, mich zu Fuß zur Schule gehen zu lassen. Sie bestand allerdings darauf, mir vorher den Weg aufzuzeichnen, und machte ein großes Kreuz an unserem Haus und eins an der Schule. „Bist du dir auch wirklich sicher, dass du den Weg findest?", fragte sie immer wieder.

Ich nickte und steckte die Wegbeschreibung in die Tasche meines neuen Mantels. „Das schaffe ich schon."

Sie wirkte nicht besonders überzeugt. „Ruf mich an, falls du dich verläufst!"

Sie stand mit verschränkten Armen im Türrahmen, als ich ging.

Richard tauchte hinter ihr auf. Er aß eine Scheibe Toast und grinste. „Wenn wir nichts von dir hören, schicken wir einen Rettungshund los!", rief er und winkte.

Ich musste lachen. „Danke!", rief ich zurück.

Ich hatte gedacht, dass es mir dabei helfen würde, mich in Kathy hineinzuversetzen, wenn ich so wie sie zu Fuß in die Schule gehen würde. Aber ich hatte nicht mit diesem unglaublichen Gefühl von Freiheit gerechnet, das mich sofort überkam, nachdem ich das Haus verlassen hatte. Zum allerersten Mal seit dem Unfall war ich wirklich alleine!

Ich ging ganz langsam, atmete die frische Luft tief ein und genoss die Tatsache, dass ich von niemandem beobachtet wurde. Niemand schenkte mir auch nur die geringste Beachtung. Die Autos fuhren an mir vorbei wie an einer ganz normalen Schülerin auf dem Weg zur Schule. Es war herrlich!

Ich kam an einem kleinen Park vorbei, blieb stehen und betrachtete die leeren Rutschen und Schaukeln. Spontan drückte ich das verwitterte Tor auf und ging hinein. Ich setzte mich auf eine der schmalen, roten Schaukeln und ließ mich langsam hin und her baumeln. Die Ketten quietschten. Plötzlich fiel mir auf, dass meine Schulter nicht mehr so wehtat. Vermutlich hatten die Übungen doch geholfen.

Ich umfasste die Ketten, lehnte mich zurück und blickte hinauf in den rötlichen Himmel. Ob mein Vater mich wohl jemals auf eine Schaukel gesetzt und angeschubst hatte, damals in Brighton?

Mein Vater. Ich seufzte und verlangsamte die Schaukel. Was ich am meisten an diesem Erinnerungsimpuls – oder was immer es auch war – hasste, war die Tatsache, dass er das Gespräch über meinen Vater unterbrochen hatte, und jetzt hatte ich keine Ahnung, wie ich es wieder aufgreifen sollte. Ich musste an das Foto denken, das ich bei Nana gesehen hatte und auf dem er am Strand gestanden und intensiv in die Kamera geblickt hatte. Er hatte so groß ausgesehen. Und so stark. Es war völlig unmöglich, mir vorzustellen, dass er als kleiner Junge misshandelt worden war. Es war so schrecklich, dass das passiert war! Meine Hände umklammerten die Ketten. Ich wünschte, ich hätte Nana um das Foto gebeten. Beim nächsten Mal würde ich es mir von ihr mitgeben lassen.

Der Gedanke traf mich wie ein Schlag. Ich hatte überhaupt kein Foto von meinem Vater. Nicht ein einziges.

Ich war schon ziemlich spät dran für die Schule und musste das letzte Stück fast rennen. Meine Tasche baumelte gegen meine Beine. Poppy stand am Tor und wartete auf mich. Ich dachte darüber nach, einfach an ihr vorbeizugehen, aber ich tat es nicht und blieb stehen.

„Hallo", sagte sie kühl.

Ich sah sie nur an und umklammerte den Griff meiner Tasche. Darin war meine Katze aus Stein versteckt, und beim Gedanken an sie richtete ich mich auf. Sie und Jade würden mir keine Angst machen. Ich würde herausfinden, was passiert war, ob sie wollten oder nicht.

Poppy blickte auf ihre Uhr. „Komm schon, wir müssen jetzt gehen."

Als wir hereinkamen, unterhielt sich Mrs Boucher gerade mit der Sekretärin. Als sie mich sah, lächelte sie mir zu und winkte uns zu sich. Sie hatte blondes, kurzes Haar, wie eine Elfe, und trug ein braunes Kleid mit einer Strickjacke darüber. „Kat! Wie geht es dir? Wie war denn dein erster Tag gestern? Deine Lehrer schienen ja offenbar alle ganz zufrieden zu sein."

„Er war toll", antwortete ich und versuchte, Poppy dabei nicht anzusehen. „Ich bin mir zwar noch nicht so sicher, wie ich mit dem Stoff zurechtkomme, aber ..."

Mrs Boucher winkte ab. „Das braucht seine Zeit, mach dir darüber keine Sorgen. Alle sind bereit, dir jede Hilfe zu geben, die du brauchst."

Dann fiel ihr Poppy zum ersten Mal auf und sie runzelte die Stirn. „Poppy? Wo ist denn Tina? War sie nicht eigentlich dazu bestimmt, Kats Vertrauensschülerin zu sein?"

„Oh, wir alle wollten Kat helfen", antwortete Poppy. „Jade, Tina und ich. Also wechseln wir uns ab. Ist das in Ordnung, Mrs Boucher?" Ihre Wangen wurden ein bisschen rot, aber ihre Stimme klang völlig normal. Sie klang sogar geradezu ernsthaft, als hätte sie Angst, Mrs Boucher könnte Nein sagen, und als würde ihr das dann wirklich etwas ausmachen.

Aber Mrs Boucher lachte nur und schien erleichtert zu sein, dass ich selbst ohne Gedächtnis noch so beliebt war. „Das kann mir nur recht sein. Hauptsache, Kat bekommt alle Unterstützung, die sie braucht. Ist das in Ordnung für dich, Kat?"

Ich versuchte zu lächeln. „Klar", antwortete ich.

Poppy brachte mich zum Religionsunterricht, ohne auch nur ein einziges Wort zu sagen. Jade kam auf dem Flur zu uns und rannte genau in mich hinein. Ich stolperte und wäre fast gefallen. Ich starrte ihr hinterher und musste schlucken. Tina schloss zu ihr auf und die beiden drehten sich zu mir um. Tina wirkte zuerst besorgt, doch als sie bemerkte, dass ich sie ansah, warf sie ihren Kopf zurück und hakte sich bei Jade unter.

Poppy ging unbeirrt neben mir her, als wäre nichts geschehen, und blickte nach vorne.

Ich packte sie am Arm. „Hör mal, du musst mir jetzt sagen, was hier los ist!"

Ihre Augen blitzten auf und sie schüttelte meinen Arm ab. „Du weißt sehr genau, was hier los ist! Was willst du denn noch? Vielleicht einen handgeschriebenen Aufsatz?"

„Ich weiß überhaupt nichts!", schrie ich. „Merkt ihr das nicht? Warum hasst ihr mich alle? Was habe ich denn getan? Was?"

Poppy zögerte und biss sich auf die Unterlippe. Wir standen mitten auf dem Flur, wie Felsen in einem Fluss, und überall um uns herum liefen Schüler an uns vorbei. Einen Moment lang dachte ich, sie würde mir etwas verraten, aber dann kniff sie ihren Mund zusammen. „Wir kommen zu spät", sagte sie nur.

Kapitel 16

Kathy

27. Februar

Heute Morgen wollte ich wieder so tun, als wäre ich krank. Aber Mama wollte mich zum Arzt bringen, und ich hatte Angst, er würde ihr verraten, dass ich log, und sie würde dann herausfinden, was ich getan habe. Also musste ich in die Schule gehen.

Und natürlich kam Jade sofort zu mir. Ich habe sie noch nie so wütend gesehen. „Du hast am Freitagnachmittag Tinas Geige aus dem Proberaum gestohlen, stimmt's?"

Ich versicherte ihr, ich hätte das natürlich nicht getan! Aber ich konnte spüren, dass ich rot wurde. Sie sah mich nur böse an und ging dann weg.

Als ich Tina dann sah, wirkte sie auf mich, als hätte sie geweint. Ob sie es wohl ihrem Vater erzählt hat? Was, wenn er Mama anruft? Aber es gibt ja keine Beweise. Niemand hat mich gesehen oder so. Wenn er anruft, dann werde ich einfach lügen und sagen, ich wüsste überhaupt nicht, wovon er redet.

Jeder könnte sie gestohlen haben.

Ich wünschte so sehr, ich könnte die Zeit zurückdrehen und es wäre noch einmal Freitag.

Später im Religionsunterricht bekam ich einen Zettel von Jade. Darauf stand: *Tina will nichts sagen, weil sie sich nicht sicher ist, dass du es warst. Aber ich bin mir absolut sicher! Gib sie zurück, sonst kannst du dich auf etwas gefasst machen!*

Ich schrieb zurück: *Auf was denn? Ich habe nichts gestohlen!*

Sie las es mit eisigem Gesichtsausdruck, und als Mrs Randolph nicht hinsah, bedeutete sie mir mit ihren Lippen: „Morgen."

Ich ließ mir nichts anmerken und tat so, als wäre mir das egal.

Aber ehrlich gesagt habe ich große Angst. Es ist völlig unmöglich, die Geige morgen zur Schule mitzunehmen. Mama würde sie sofort entdecken. Ich will auf keinen Fall, dass irgendjemand erfährt, dass *ich* sie gestohlen habe. Am liebsten würde ich sie einfach bei Tina vor die Haustür legen oder so!

Tatsächlich ist das sogar genau das, was ich tun wollte, als ich heute nach Hause kam. Ich sagte Mama, ich würde spazieren gehen, und wollte zu Tina gehen (falls ich das Haus überhaupt wiederfinden würde) und die Geige vor ihre Haustür legen.

Aber als ich an den Schuppen kam, öffnete ich den Geigenkoffer und konnte es einfach nicht tun. Sie war so schön. Ich traute mich nicht, darauf zu spielen, aber ich fuhr ganz sachte mit einem Finger über eine Saite. Sie vibrierte unter meinem Finger und ich konnte die Note D in meinem ganzen Körper spüren. Ich musste an Mrs Patton denken. Sie hatte mich immer angelächelt und gesagt: „Sehr gut, Kathy, aber ein bisschen mehr Vibrato in den letzten Takten."

Ich saß jedenfalls eine halbe Ewigkeit wie ein totaler Idiot da draußen herum, und ehe ich mich versah, wurde es dunkel und es war viel zu spät, um noch zu Tina zu gehen.

Meine Güte, was um alles in der Welt hat mich nur dazu gebracht, die Geige zu stehlen?

Ich wollte das eigentlich überhaupt nicht! Ehrlich nicht! Ich sah sie nur da liegen, zusammen mit einigen anderen Instrumenten, während alle darauf warteten, dass Mr Yately kam und die Tür aufschloss. Und plötzlich nahm ich sie, schob sie unter meinen Mantel und machte mich schnell aus dem Staub, bevor irgendjemand es bemerkte. Auf dem Heimweg überkam mich dann schreckliche Panik, und ich dachte darüber nach, sie einfach hinter irgendeinen Busch zu werfen. Aber das brachte ich einfach nicht übers Herz. Was, wenn sie dabei beschädigt wurde?

Was soll ich nur tun? Was, wenn Jade es meiner Mutter verrät?

Später

Ich habe Mama beim Abwasch geholfen, und auch wenn es noch so dämlich klingt: Ein Teil von mir hätte ihr am liebsten alles erzählt – es einfach herausgelassen und es ihr überlassen, mir zu sagen, was ich tun soll und wie ich das wieder geradebiegen kann. Aber sie hat sich die ganze Zeit über irgendeinen ihrer Kunden aufgeregt, weil der seine Rechnungen nicht bezahlt hat. Und Richard kam ständig in die Küche und sagte Sachen wie: „Hör mal, Beth, das ist doch ganz einfach. Schick ihm einfach eine Mahnung und setze ihm eine Frist von vierzehn Tagen ..."

Also hatte ich keine Gelegenheit dazu.

28. Februar

Heute Morgen kamen Jade, Susan und Gemma auf dem Flur zu mir, schubsten mich ziemlich heftig herum und zischten: „Gib sie zurück! Gib sie zurück!"

Ich sagte ihnen, ich hätte sie nicht, und Jade sah mich nur hämisch an und spottete: „Ja, klar!" Dann schubsten sie mich so heftig, dass ich jetzt einen Kratzer am Arm habe.

Tina hat nicht mitgemacht, aber ich habe gesehen, dass sie alles beobachtet hat. Sie sah ziemlich sauer aus. Poppy starrte mich einfach nur an, als könne sie kaum glauben, dass sie jemals meine Freundin war. Irgendwie habe ich den Tag hinter mich gebracht, ohne zu weinen, auch wenn das ziemlich schwierig war. Ich werde aber auf keinen Fall zulassen, dass sie mich weinen sehen, ganz egal, was passiert!

Ich muss die Geige unbedingt zurückbringen. Aber heute Nachmittag hat es geregnet, also konnte ich ja schlecht behaupten, ich würde spazieren gehen. Ich habe es aber trotzdem geschafft, mich zum Schuppen zu schleichen und mich zu vergewissern, dass sie gut abgedeckt ist. Zu viel Feuchtigkeit könnte sie nämlich zerstören.

Dann nahm ich sie aus ihrem Koffer. Nur, um mich davon zu überzeugen, dass alles in Ordnung war. Und plötzlich fing ich

an, darauf zu spielen. Ich spielte ein Konzert von Mozart – eines
seiner frühen Werke, das er bereits als Kind geschrieben hat.
Ich spielte ganz leise, damit Mama mich nicht hören konnte.
Am Anfang gelang es mir kaum, den Bogen richtig zu halten,
so aufgeregt war ich, wieder zu spielen.

Aber es klang überhaupt nicht so, wie ich es erwartet hatte.
Es war schrecklich. Ich wartete auf dieses Gefühl, mich völlig
in der Musik zu verlieren und ein Teil davon zu werden. Aber
es kam nicht. Irgendetwas stand zwischen mir und der Musik,
wie eine Mauer, die ich nicht überwinden konnte. Die Musik
war so leicht und fröhlich, dass ich mich noch schwerer und
trauriger fühlte, und als ich schließlich fertig war, fühlte ich
mich wie ... wie ...

Ich weiß es nicht. Ich verabscheue mich selbst.

Beim Abendessen wollten Mama und Richard mit mir reden,
aber ich konnte kaum etwas sagen. Ich muss völlig verrückt gewesen sein, als ich gestern Abend dachte, ich könnte Mama ein-
weihen. Ich werde es niemals irgendjemandem erzählen können.

1. März

Tina kam heute in der Bücherei zu mir und fragte mich, ob
ich ihre Geige gestohlen habe. Ich versicherte ihr, ich wäre das
natürlich nicht gewesen, und sie sagte: „Hör mal, ich werde es
niemandem verraten, wenn du es warst. Aber ich muss sie zurückbekommen. Sie gehörte meinem Opa und es wäre ziemlich
schlimm für meinen Vater, wenn ihr irgendetwas zustößt."

Am liebsten hätte ich auf der Stelle losgeheult, aber ich versicherte ihr noch einmal, ich hätte die Geige nicht gestohlen. Sie
biss sich auf die Unterlippe, dann sagte sie: „Hm, also nur mal
angenommen, du hättest sie vielleicht doch – dann könntest du
sie mir ja einfach morgen zurückgeben. Wir könnten uns auf
der Mädchentoilette an der Sporthalle treffen, dort würde uns
niemand sehen. Bitte!"

Ich fragte mich, ob Jade und die anderen auch dort sein würden. Tina wusste offenbar, was ich dachte, und sagte: „Nur wir

beide, versprochen. Ich will nur die Geige wiederhaben, das ist alles. Bitte, bitte, gib sie mir zurück!"

Also stimmte ich zu. Ich konnte ihr dabei nicht ins Gesicht sehen, so sehr schämte ich mich. Sie sagte nichts weiter, sondern nickte nur und ging dann weg.

Ich werde die Geige morgen in meiner Tasche aus dem Haus schmuggeln müssen, damit Mama sie nicht sieht. Gott sei Dank! Dann ist es wenigstens vorbei!

Später

Ich bin gerade aus einem Albtraum aufgewacht. Jetzt zittere ich so sehr, dass ich nicht wieder einschlafen kann. Es war schrecklich. Es war wirklich total schrecklich! Richard schrie mich an. Sein Gesicht war ganz verzerrt und wurde rot, und plötzlich war es nicht mehr Richard, sondern irgendein Dämon. Mama und ich versteckten uns im Schrank vor ihm und kuschelten uns aneinander, während er draußen herumtobte. Sie weinte, weil sie ihn so sehr gemocht hatte und sich jetzt herausstellte, wie er in Wahrheit war. Und ich konnte nichts sagen. Ich wusste, dass es meine Schuld war, dass er sich so verwandelt hatte.

Ich habe solche Angst! Was, wenn das wahr ist? Ich meine, was, wenn das stimmt, dass Papa sich meinetwegen so verändert hat? Mama und er müssen einmal sehr glücklich miteinander gewesen sein. Irgendetwas muss passiert sein, sonst hätte sich das ja nicht geändert. Und Kinder können dafür sorgen, dass sich so etwas ändert. Ich habe in irgendeiner Zeitschrift gelesen, dass Kinder eine große Belastung für eine Ehe sein können. Vielleicht war das einfach zu viel für Papa.

Ich will das einfach nicht glauben. Ich will nicht glauben, dass ich an allem schuld bin!

Aber mir fällt beim besten Willen nichts anderes ein, woran es gelegen haben könnte.

Kapitel 17

Kat

Ich saß alleine im Religionsunterricht. Die Lehrerin, Mrs Randolph, war schon ungefähr zweiundachtzig und schien noch nicht einmal zu bemerken, dass niemand neben mir saß. Sie redete eine halbe Ewigkeit lang über Katholizismus und machte alles noch viel langweiliger, als es wahrscheinlich sein musste. Ich starrte auf mein Buch und kritzelte den Rand mit unsinnigen Kreisen voll. Die Narbe auf meiner Stirn fühlte sich an, als würde ein Insekt über meine Haut krabbeln.

Dann blickte ich auf. Mrs Randolph verteilte mit zittrigen Händen Arbeitsblätter. „Setzt euch in Gruppen zusammen, besprecht euch ein paar Minuten lang und beantwortet die Fragen dann zusammen."

Sofort rückten alle ihre Stühle zu Grüppchen. Jade, Tina und Poppy setzten sich natürlich zusammen. Niemand von ihnen sah mich an.

„Kat hat noch keine Gruppe", sagte Mrs Randolph mit ihrer kratzigen Stimme und ließ ihren Blick durch die Klasse wandern. „Wo fehlt noch jemand?"

Kaum jemand nahm Notiz davon. Alle waren viel zu sehr mit ihren Gruppen beschäftigt. Ich biss mir auf die Unterlippe und kam mir vor, als hätte ich ein Schild auf dem Rücken, auf dem stand: *Ignoriert dieses Mädchen!*

„Kat, willst du dich zu uns setzen?", rief eine Stimme.

Ich war erleichtert und meine Gesichtszüge entspannten sich wieder. Ein Mädchen mit schmalem Gesicht und rotbraunen

Haaren lächelte mir zu und zeigte auf einen freien Platz neben sich. Seine Freundin hatte hellblonde Haare, die sie mit einem schwarzen Haargummi zusammengebunden hatte. Auch sie lächelte.

Ich zögerte nicht lange. Ich schnappte mir meine Tasche, schlängelte mich an den Tischen vorbei und ging zu ihnen hinüber. Dann zog ich mir einen Stuhl heraus und setzte mich den beiden gegenüber. „Hallo", sagte ich schüchtern.

Das blonde Mädchen beugte sich zu mir. „Hast du wirklich eine Amnesie?", flüsterte es.

Eigentlich konnte ich diese Frage beim besten Willen nicht mehr hören, aber ich konnte mich ja schlecht weigern, sie zu beantworten, wo die beiden mich doch gerade davor bewahrt hatten, wie eine Aussätzige dazustehen. Also nickte ich. „Ja, das stimmt wirklich."

Sie sahen einander an. „Du ... kannst dich also nicht an uns erinnern?", fragte das Mädchen mit den rotbraunen Haaren. Es trug eine Halskette mit einem rennenden Pferd als Anhänger.

Ich schüttelte meinen Kopf.

Sie blinzelte. „Das ist so verrückt. Na ja, ich bin jedenfalls Rachel und das ist Holly."

„Waren wir Freundinnen? Also früher, meine ich?" Ich hasste den hoffnungsvollen Klang meiner Stimme und kam mir wie ein jammerndes, dreijähriges Mädchen vor.

Holly zuckte mit den Schultern. Sie hatte helle, blaugraue Augen und eine Stupsnase. „Irgendwie schon, denke ich. Wir haben manchmal zusammen zu Mittag gegessen."

Ich warf einen Blick über meine Schulter zu Mrs Randolph, aber sie machte fast den Eindruck, als würde sie schlafen, und ihre grauen Haare glänzten im Sonnenlicht. Ich stützte meine Ellbogen auf dem Tisch ab und beugte mich nach vorne. „Wisst ihr, was Jade und die anderen gegen mich haben? Sie wollen mir nicht verraten, was passiert ist!"

Rachel verzog das Gesicht. „Oh, mach dir deswegen keine Gedanken. Jade und dieser Haufen hacken immer auf irgendjemandem herum. Du kannst immer bei uns sitzen, uns macht das nichts aus." Sie sah Holly an. „Habe ich dir schon erzählt, was ich mit Champion heute Morgen geschafft habe?"

Holly beugte sich nach vorne. „Nein, was denn?"

Rachel fummelte an ihrem Kettenanhänger herum und grinste. „Ich hab's mit ihm über fünf Stangen geschafft! Er war so gut, dass ich keine Sekunde gezögert habe. Mama hat gesagt, dass ich ihn zum nächsten Wettkampf anmelden kann."

Holly schnappte aufgeregt nach Luft und wippte auf ihrem Stuhl auf und ab. „Das ist ja großartig! Wir können uns zusammen anmelden!"

„Oh, nimmst du mit Daisy teil?"

So ging es den gesamten Rest der Stunde weiter. Sie redeten über Pferde oder Ponys oder was auch immer und vergaßen völlig, dass ich auch noch da war. Ich senkte meinen Blick und betrachtete das Arbeitsblatt. Darauf stand ein ziemlich langer Text über Katholizismus, dann kamen jede Menge Fragen. „Wie viel Prozent der Weltbevölkerung sind Angehörige des katholischen Glaubens?" Ich schrieb die Antwort auf.

War das wirklich alles? War ich bei Jade und den anderen einfach nur in Ungnade gefallen? Hatte ich alles nur missverstanden? Ich blickte hinüber zu Jades Tisch.

Sie sah mich böse an. Ihre dunklen Haare hingen wie ein Umhang über ihre Schultern. Ihre Augen waren zu engen Schlitzen zusammengekniffen.

„Super!", rief Richard. „Pik Acht, das war genau meine Karte. Gut gemacht! Du hast ja richtig geübt, stimmt's?" Er strahlte mich an.

Ich lächelte und mischte die Karten auf dem Esstisch. „Ja, ein bisschen." Im Hintergrund lief das Radio – eine Symphonie von jemandem namens Prokofjew, mit donnernden Pauken und Trompeten.

Richard lachte. „Von wegen ein bisschen. Bist du bereit, dein Repertoire um einen weiteren Trick zu erweitern?

„Klar, leg los." Das war auf jeden Fall besser, als sich über Jade und die anderen den Kopf zu zerbrechen. Ich zog mein Bein an und stützte mich auf meine Ellbogen.

Richard nahm die Karten und fing an, sie auszuteilen.

Wir beide waren alleine miteinander. Beth war oben und telefonierte mit einer ihrer Kunden. Sie mochte Termine am

Abend eigentlich überhaupt nicht, aber manchmal hatten die Leute eben tagsüber keine Zeit.

Richard fing an, die Karten auszuteilen, und sie landeten mit einem flüsterleisen Geräusch auf dem Tisch. „Also, für diesen Trick musst du ...“

„Warte“, keuchte ich und packte seinen Arm.

Er hielt inne und zog seine rötlichen Augenbrauen zusammen. „Kat, was ist denn?“

„Die Musik! Hör mal!“ Die Symphonie war zu Ende, und jetzt lief die schönste Musik, die ich jemals gehört hatte. Eine einzelne Violine, die sich über das tiefe, ruhige Pulsieren des Orchesters erhob. Es war, als ob Himmel und Erde einander umarmten.

Mir schossen die Tränen in die Augen, als die Violine völlig mühelos hinab- und wieder hinaufstieg, immer höher und höher. Ich wusste nicht, wie lange wir da saßen und zuhörten, aber schließlich war das Stück vorbei, und ich ließ Richards Arm wieder los.

„Ich muss wissen, was das war! Richard, wir müssen das herausfinden!“

Er drückte meine Hand und stand auf. „Kein Problem. Wir gehen einfach auf die Webseite des BBC und sehen uns die Programmliste an.“

Er holte seinen Aktenkoffer neben dem Sofa hervor und öffnete ihn auf dem Esstisch. Dann nahm er seinen Laptop heraus und schon kurz darauf scrollten wir durch eine Liste verschiedener Titel.

„Wie spät ist es? Kurz nach sieben?“ Richard fuhr mit dem Finger über das Touchpad und drückte auf die schwarzen Tasten. „Also ... das war Bachs Konzert Nummer 1 in A-Moll, für Violine und Orchester. Zweiter Satz, Andante.“

„Wie bitte?“ Ich spähte über seine Schulter und betrachtete den Bildschirm. Die Wörter darauf ergaben keinen Sinn für mich. Wie konnte diese unglaubliche Musik einen so langweiligen Namen haben?

„Zweiter Satz, Andante. Das bedeutet langsam. Konzerte sind in verschiedene Sätze aufgeteilt, glaube ich.“ Er bewegte den Cursor weiter.

„Nein, warte mal. Ich muss mir den Titel aufschreiben!" Ich rannte in die Küche und holte mir einen Notizzettel aus der Schublade, in der Beth Stifte, Batterien und solche Dinge aufbewahrte, dann eilte ich zurück ins Esszimmer. „Okay, wie heißt es doch gleich?"

Richard las es mir noch mal vor, und ich schrieb den Titel sorgfältig auf, dann unterstrich ich ihn dick und fett. „So", sagte ich. „Jetzt muss ich es nur noch finden."

Richard sah mich an und lächelte. Er klappte den Laptop zu und sagte ganz beiläufig: „Weißt du, ich glaube, heute Abend findet in der Stadt ein großes Late-Night-Shopping statt. Hättest du vielleicht Lust, ein bisschen im Musikladen herumzustöbern?"

Beth war in der Küche, als wir zurückkamen, und hatte gerade den Wasserkessel aufgesetzt.

Richard umarmte sie von hinten und küsste sie auf die Haare. „Wie ist es gelaufen? War das wieder Mrs Perlman?"

Beth seufzte, während sie sich eine Tasse Tee zubereitete. „Ja. Sie hört mir einfach nie zu. Ich habe keine Ahnung, warum sie meine Hilfe überhaupt in Anspruch nimmt. Na ja, egal ..." Sie sah mich an und lächelte. „Hast du gefunden, wonach du gesucht hast?"

„Ja, sieh mal!" Ich holte die CD aus der Tüte und zeigte sie ihr. „Bachs Konzert Nummer 1 in A-Moll, für ..."

„Für Violine und Orchester", führte sie leise fort. Sie bekam einen eigenartigen Gesichtsausdruck, als sie die CD betrachtete. Dann umklammerte sie die Plastikhülle mit ihren Händen und sah mich an. „Hast du das heute Abend gehört?"

Ich nickte und fragte mich, was daran wohl verkehrt war.

Sie legte die CD auf die Arbeitsplatte und richtete sie ganz sorgfältig so aus, dass sie genau parallel zur Kante lag. „Hast du ... Kam dir irgendetwas ins Gedächtnis, als du das gehört hast?" Ihre Stimme klang angespannt.

Nicht schon wieder! Ich steckte die CD zurück in die gelbrote Plastiktüte. „Nein. Es hat mir nur gefallen, das ist alles."

„Oh." Sie senkte ihren Blick auf ihre Teetasse.

„Beth, was ist denn?", fragte Richard und berührte ihren Arm.

Sie musste schlucken und versuchte zu lächeln, als sie mich ansah. „Es ist nur ... Kat, das ist genau das Stück, das du immer so geliebt hast! Es ist das Violinkonzert von Bach, von dem ich dir erzählt habe. Du hast es immer und immer wieder gespielt."

Ich fühlte mich, als hätte sie gerade einen Eimer voll Eiswasser über mir ausgekippt. „Ich mochte das schon früher?"

Beth nickte. „Du hast es geliebt! Und als ich es gesehen habe, da dachte ich ..." Sie hielt inne. Dann zuckte sie mit den Schultern und verzog das Gesicht. „Tut mir leid."

Ich saß auf dem Fußboden meines Zimmers. Mit angezogenen Beinen lauschte ich der Musik. Sie war genauso schön, wie sie es im Radio gewesen war, aber irgendwie schaffte ich es nicht, mich zu entspannen und mich von ihr davontragen zu lassen. Ich musste immerzu daran denken, dass ich selbst Geige gespielt hatte.

Warum hatte ich nur damit aufgehört? Fünfte Stufe. Das klang ziemlich beeindruckend. Ob ich wohl so gut gewesen war wie der Violinist auf der CD? Ich fuhr mit dem Finger das Muster des Teppichs nach. Vermutlich nicht, dachte ich. Ich war ja erst zehn gewesen, als ich mit dem Spielen aufgehört hatte. Aber vielleicht wäre ich ja eines Tages so gut geworden, wenn ich nicht damit aufgehört hätte.

War es das gewesen, was ich mit meinem Leben hatte anfangen wollen? Auf dem Foto, das mich auf der Bühne zeigte, konnte man ganz deutlich erkennen, wie sehr ich das Geigenspiel sehr geliebt hatte. Das war absolut eindeutig. Warum hatte ich sogar damit aufgehört, mir klassische Musik wenigstens anzuhören? Man hörte doch nicht einfach damit auf, etwas zu mögen, oder?

Nein. Das tat man nicht.

Plötzlich fing mein Herz an zu pochen, und ich blickte zum Computer. Als ich noch Kathy gewesen war, hatte ich dieselben Dinge gemocht wie jetzt, auch wenn ich aus irgendeinem Grund versucht hatte, damit aufzuhören. Das Konzert war der Beweis.

Ich sprang auf und schaltete den Computer ein. Wieder blinkte der Cursor und wartete auf meine Eingabe. „Bitte geben Sie Ihr Passwort ein."

Ich holte tief Luft und fing an zu tippen: *Bach.*

Es ertönte Musik aus den Lautsprechern, das Eingabefeld verschwand und es erschien stattdessen das Bild einer grünen Hügellandschaft vor einem bewölkten Himmel. An der linken Seite des Monitors waren bunte Symbole zu sehen.

Ich war drin! Ich konnte meinen Puls in meinen Schläfen spüren, während ich mich aufgeregt auf den Stuhl setzte und die Symbole genauer betrachtete.

Word. E-Mail. Internet. Solitaire.

Zuerst probierte ich Word aus. Ich durchstöberte alte Dokumente, doch es war nicht viel zu finden – nur ein paar ältere Sachen, die ich einmal für die Schule geschrieben hatte. Ich klickte auf *E-Mail* und ein neues Fenster öffnete sich. Nun sah ich einen weißen Hintergrund und unzählige E-Mail-Kopfzeilen. Ich fummelte auf den Tasten herum und scrollte nach unten. Es waren Hunderte von E-Mails! Sie reichten einige Jahre zurück! Ich bekam eine Gänsehaut.

Fast alle waren von Poppy oder Jade.

Ein paar Stunden später brummte mein Schädel vom Lesen der winzigen Schrift. Ich lehnte mich zurück und rieb mir die Augen. Sie fühlten sich ganz gereizt an.

Ich hatte es ja kaum glauben können, aber wir drei waren wirklich die allerbesten Freundinnen gewesen. Ständig waren wir zusammen ins Kino gegangen, hatten zusammen eingekauft oder unsere Hausaufgaben gemeinsam gemacht. Es war fast kein Abend vergangen, an dem wir keine E-Mails ausgetauscht hatten. Doch dann hörten sie einfach auf, etwa drei Wochen, bevor ich von dem Auto angefahren worden war.

Sie hörten einfach auf. Und jetzt würden Poppy und Jade mich vermutlich noch nicht einmal mehr mit einer Kneifzange anfassen.

Ich sprang erschrocken auf, als es plötzlich an meiner Zimmertür klopfte und die Stille durchbrochen wurde. Die CD war schon seit einer halben Ewigkeit fertig. „Ja?", rief ich und drehte mich um.

Beth streckte ihren Kopf herein. „Kann ich reinkommen?"

Mir schoss das Blut in den Kopf, und ich klickte hastig das

Fenster mit den E-Mails weg. „Klar, ich war nur gerade ... am Computer."

Sie riss die Augen auf, kam herein und schloss die Tür wieder hinter sich. „Wirklich? Ist dir denn dein Passwort wieder eingefallen?"

Ich schüttelte meinen Kopf und hasste ihren aufgeregten Gesichtsausdruck. „Nein, ich habe es nur erraten. Das hat eine halbe Ewigkeit gedauert."

„Oh." Sie seufzte. Einen Moment lang sagte keiner von uns beiden etwas, dann lächelte sie mir zögerlich zu. „Als du im Krankenhaus warst, habe ich es auch versucht, aber ich habe das richtige Passwort nicht gefunden."

Ich starrte sie an. „Du hast versucht, an meinen Computer zu kommen?"

„Ich habe mir Sorgen um dich gemacht. Hast du ..." Sie räusperte sich. „Ich meine, konntest du denn irgendeine Erklärung für all das finden?"

All das. Sie meinte wohl die Tatsache, dass ich mein Gedächtnis verloren hatte. Ich schüttelte meinen Kopf und spielte an der Leertaste herum. „Nein, nur ein paar alte E-Mails, das ist alles."

„War denn überhaupt nichts dabei, das dabei helfen könnte, ein paar unbeantwortete Fragen zu klären?"

Ich hätte ja darüber gelächelt, aber irgendwie irritierte es mich, dass sie sich plötzlich wie Dr. Perrin anhörte. „Nein. Nur jede Menge E-Mails von Poppy und Jade. Über Partys und so."

Beth seufzte. „Wo ich gerade dabei bin, Geständnisse zu machen – ich habe auch versucht, dein Tagebuch zu finden."

Meine Kehle schnürte sich zusammen. „Ich habe ... ein Tagebuch geführt?"

„Ja, ich habe oft gesehen, dass du etwas hineingeschrieben hast. Du musst es aber sehr gut versteckt haben." Ihre Mundwinkel bewegten sich ein bisschen nach oben.

Ich sah mich in dem kleinen Zimmer um und meine Gedanken überschlugen sich. Ich hatte doch schon überall gesucht! Wo um alles in der Welt konnte ich denn ein Tagebuch versteckt haben?

Beth rieb ihren Ellbogen. „Wie auch immer. Deswegen bin ich aber nicht zu dir gekommen. Ich habe mich nur gefragt, Kat, ob du vielleicht möchtest, dass ich dir eine neue Geige kaufe?"

Ich blickte auf. „Wie bitte?"

„Eine neue Geige", wiederholte sie leise. „So wie früher."

„Aber ..." Ich starrte sie an. „Habe ich denn nicht irgendwo noch eine?"

Sie wurde rot. „Nein, sie ... ist beim Umzug kaputtgegangen. Eine Zeitlang hatte ich dir eine gemietet, aber dann hast du das Interesse verloren und gesagt, dass du sie nicht mehr brauchst. Und jetzt, wo wir es uns wieder leisten könnten und du dein Interesse an der klassischen Musik wiederentdeckt hast, da habe ich mich gefragt, ob du vielleicht wieder eine Geige haben möchtest."

Ich musste an das Konzert denken und eine Welle der Aufregung durchfuhr mich. Ich senkte meinen Blick und versuchte das zu verbergen. „Aber ich kann doch gar nicht mehr spielen."

„Nein, noch nicht." Sie setzte sich auf mein Bett. „Aber wenn du wieder anfängst, Stunden zu nehmen, dann kommt bestimmt alles ganz schnell zurück, weil du ja früher schon so gut warst. Und vielleicht hilft es dir ja auch dabei, dein Gedächtnis zurückzuerlangen."

Mein Kopf schoss nach oben.

Sie saß ganz ruhig da und machte einen sehr hoffnungsvollen Eindruck. „Oh Kat, das wäre doch einen Versuch wert, oder?", platzte es aus ihr heraus. „Ich meine, alles andere haben wir doch schon versucht."

Ich hätte es wissen müssen! Natürlich ging es ihr schon wieder nur darum, dass mein Gedächtnis zurückkehrte. Das war das Einzige, das sie interessierte!

„Nein, danke", antwortete ich, drehte mich zum Computer um und klickte auf *Solitaire*.

„Aber Kat ..."

„Ich will nicht Geige spielen." Vielleicht wollte ich das ja doch, aber ganz bestimmt nicht, wenn Beth aufgeregt jeder einzelnen Note lauschen würde. „Und, kannst du dich schon an etwas erinnern? Nein? Und wie ist es jetzt?"

„Hör mal, ich könnte dir doch einfach eine kaufen. Du musst ja nicht sofort Unterricht nehmen. Du könntest doch nur ein bisschen für dich selbst spielen und einfach mal sehen, was passiert ..."

Ich knallte die Maus auf den Schreibtisch. „Nein! Ich will nicht!"

„Du versuchst es ja noch nicht einmal!", platzte es aus Beth heraus. „Kat, wir müssen es irgendwie schaffen, dass du dich wieder an alles erinnern kannst! Du kannst doch so nicht bleiben!"

„Und warum nicht?", schrie ich. „Was ist denn so schrecklich an mir, so, wie ich jetzt bin?"

„Nichts ist schrecklich daran, aber das bist einfach nicht du! Es ist ..." Sie hielt inne und biss sich auf die Unterlippe.

„Es ist wie ...?", hakte ich nach.

Schnell schüttelte sie ihren Kopf. „Ach, nichts."

Ich wurde wütend. Plötzlich fing ich an, sie zu hassen. Ja, ich hasste sie richtig. „Du meinst, es ist so, als wäre ich nicht mehr deine Tochter, richtig? Als würdest du mich überhaupt nicht mehr kennen, oder?"

Beth zog den Kopf ein und verschränkte die Arme fest. Tränen schossen ihr in die Augen. „Du sagst ja noch nicht einmal mehr ‚Mama' zu mir", flüsterte sie.

„Ich habe dich ja auch erst vor Kurzem zum ersten Mal gesehen!", rief ich. „Du fühlst dich nicht wie meine Mutter an! Glaubst du denn, du kannst einfach so meine Mutter werden?"

„Aber ich bin doch deine Mutter! Ich ... oh, Kathy ..." Sie nahm die Hände vors Gesicht.

Ich fühlte mich, als hätte sie mir einen Schlag in die Magengrube versetzt. Ich saß wie versteinert da und konnte noch nicht einmal weinen.

Beth schniefte schließlich, stand auf und strich sich die Falten aus der Hose. Ihre Nase war ganz rot. „Es tut mir leid. Du hast recht. Aber denk noch mal über die Geige nach, okay? Ich möchte, dass du glücklich bist, Kat, das ist alles." Sie warf mir ein schwaches Lächeln zu und ging aus meinem Zimmer, dann zog sie die Tür vorsichtig hinter sich zu.

Kapitel 18

Kathy

2. März

Ich bin noch nicht in die Schule gegangen. Ich habe mich sofort zum Schuppen geschlichen, bevor Mama und Richard wach waren, und inzwischen liegt die Geige gut verpackt in meiner Schultasche. Jedenfalls so gut verpackt, wie es möglich war. Sie guckt ein bisschen heraus, aber ich habe einen Pulli obendrauf gelegt. Jetzt muss ich es nur noch schaffen, aus dem Haus zu kommen, ohne dass Mama sie entdeckt.

Meine Güte, ich will einfach nur, dass es endlich vorbei ist! Ich will einfach nur Tina finden, ihr ihre blöde Geige zurückgeben und ...

Nein, stopp! Ich darf jetzt nicht anfangen zu weinen. Wenn Mama sieht, dass meine Augen rot sind, stellt sie mir nur wieder unnötige Fragen.

Okay, das war's dann. Und wenn ich wieder nach Hause komme, ist alles endlich vorbei. Ein für allemal.

Kapitel 19

Kat

Poppy wartete wieder am Eingang auf mich. Ich packte sie am Arm und nahm sie zur Seite. „Ich muss mit dir reden."

„Wie bitte?" Sie riss die Augen auf. Dann warf sie einen Blick über ihre Schulter und sah sich zweifellos hilfesuchend nach Jade und dem Rest ihrer Meute um.

Ich öffnete meine Tasche und drückte ihr einen Stapel Blätter in die Hand. „Hier!"

„Was ...?" Sie betrachtete sie und runzelte die Stirn. „Das sind doch nur ein paar alte E-Mails."

„Ja, und zwar die der letzten zwei Jahre", sagte ich schnippisch. „Ich habe sie gestern Abend durchgelesen, und sie beweisen ziemlich eindeutig, dass wir tatsächlich Freundinnen waren, oder etwa nicht?"

Sie starrte mich an. „Natürlich waren wir Freundinnen, Kat, aber ..."

„Und sieh mal hier!" Ich überflog die Seiten und zeigte auf ein Datum. „Die E-Mails hörten genau hier auf, kurz bevor ich von dem Auto angefahren wurde. In einem Moment schreiben Jade und du mir noch etwas über eine Party, die ich verpasst habe, und im nächsten seid ihr einfach weg! Was ist denn passiert?" Meine Stimme zitterte. „Ihr beide wart meine Freundinnen. Und dann habt ihr mich einfach fallengelassen? Oder was?"

Poppy hielt die E-Mails in der Hand und sah etwas verwirrt aus. Sie musste heftig schlucken. Eine kichernde Gruppe Sechstklässler ging an uns vorbei, und sie wich ihnen aus, ohne ihren

Blick von mir abzuwenden. „Du ... kannst dich wirklich nicht erinnern, oder?", fragte sie zögernd.

Ich hätte erleichtert sein müssen, aber am liebsten hätte ich ihr einfach nur eine geknallt. „Oh, wie kommst du denn darauf? Oder willst du etwa behaupten, dass du das jetzt erst bemerkt hast?" Ich nahm ihr die E-Mails ab und steckte sie zurück in meine Tasche. Eine Träne lief mir über die Wange und ich wischte sie wütend weg.

Poppy wollte etwas sagen, doch dann hielt sie inne und warf noch einmal einen Blick über ihre Schulter. Sie fing an, an ihrem Daumen herumzufummeln. „Kat, hm, lass uns doch lieber in den Park gehen."

Die Geräusche der anderen Schüler um uns herum wurden immer weniger.

Ich sah sie an. „Du meinst, wir sollen die Schule schwänzen?"

Poppy nickte. „Nur die erste Stunde, dann können wir uns ja reinschleichen. Wir haben wieder Mrs Randolph, sie wird es vermutlich überhaupt nicht bemerken." Sie wurde rot. „Es gibt da einiges, was ich dir erzählen muss."

Wir saßen nebeneinander auf den Schaukeln, stießen uns ganz leicht mit den Füßen ab und ließen unsere Beine baumeln. Poppy sah mich nervös an. „Hm, hübscher Mantel ... Das Rot sieht gut aus."

Ich schnaubte. „Hör mal, jetzt schieß einfach los, okay? Ganz egal, was es ist!"

Also fing sie an. Sie erzählte mir alles. Sie erzählte mir, wie sehr ich es gehasst hatte, dass Richard bei uns eingezogen war. Sie erzählte mir davon, dass ich Tina zuerst gut hatte leiden können, mich dann aber urplötzlich gegen sie gewandt hatte. Und davon, dass ich Tinas Geige gestohlen hatte.

Mein Herz machte einen Satz. „Ich habe *was*?"

Poppy kniff die Lippen zusammen. „Vor dem Proberaum. Einige der Leute hatten ihre Instrumente dort abgestellt, weil sie darauf warteten, dass Mr Yately kommen und aufschließen würde. Und während sie alle am Fenster standen und der Fußballmannschaft beim Training zusahen ... na ja, da hast du sie wohl einfach gestohlen."

„Aber vielleicht bin ich es ja überhaupt nicht gewesen! Ich meine, hat mich denn irgendjemand dabei gesehen? Oder ... habe ich irgendetwas dazu gesagt?" Meine Stimme überschlug sich fast.

Poppy seufzte. „Du *bist* es gewesen. Du hast es Tina gegenüber zugegeben. Und du hast ihr versprochen, sie ihr zurückzugeben, aber ..." Sie hielt inne.

„Aber was?", flüsterte ich. Mein Herz pochte so laut, dass ich sie kaum verstand.

Sie biss sich auf den Daumen. „Ich weiß es nicht. Irgendetwas ist passiert, aber ich weiß nicht, was. Tina hat es Jade erzählt, aber Jade musste schwören, es niemandem zu verraten. Tina ist ziemlich sauer deswegen, was auch immer es war. Jade auch. Sie wollte Tina dazu bringen, mit Mrs Boucher zu sprechen, aber Tina wollte nicht."

Mit einem Schlag wurde mir alles klar. Jade und die anderen waren überhaupt nicht schuld an allem. Nicht sie waren die Übeltäter. *Ich* war es! Und vermutlich war ich einfach auf die Straße gelaufen, weil ich völlig in Gedanken versunken war und mich so sehr geschämt hatte, dass ich Angst davor gehabt hatte, Tina in die Augen sehen zu müssen.

Poppy sah mich kurz an. Sie hatte Tränen in den Augen. „Kat, es tut mir so leid, dass ich dir nicht gleich geglaubt habe. Ehrlich! Aber das war alles so ... Ich meine, Jade hat gesagt, du hättest Tina etwas ganz Schreckliches angetan, und am nächsten Tag wurdest du dann von einem Auto angefahren und hast behauptet, du könntest dich an nichts mehr erinnern ..." Ihre Stimme versagte.

„Schon in Ordnung", erwiderte ich. Meine Stimme fühlte sich an wie Schleifpapier, das an meiner Kehle rieb. „Ich verstehe das."

Jade hielt sich beim Mittagessen von mir fern. Auch auf dem Flur. Ich wollte unbedingt mit Tina sprechen, um mich bei ihr zu entschuldigen und um herauszufinden, was genau eigentlich passiert war, aber Jade klebte an ihr und wich ihr nicht von der Seite.

In der letzten Stunde hatten wir Sport. Als wir nach dem

Unterricht zurück in den Umkleideraum kamen, war meine Tasche verschwunden. Meine Uniform war noch immer in dem Spind, in dem ich sie gelassen hatte, aber meine Tasche war weit und breit nicht zu entdecken. „Wo ist meine Tasche?", zischte ich Poppy an.

Sie schüttelte ihren Kopf. „Wo hast du sie denn hingestellt?"

„Hierhin! Genau hier, auf diese Bank!"

„Bist du dir sicher?" Sie warf einen Blick unter die Bank, als ob die Tasche sich vielleicht dort versteckt hätte.

„Ja! Ich bin mir absolut sicher. Sie ist einfach nicht mehr hier!" Ich war den Tränen nahe. Die Katzenfigur war in der Tasche! Kathys Figur. *Meine.*

Mein Blick wanderte durch den Umkleideraum zu Tina und Jade. Jades Gesichtsausdruck wirkte ziemlich entschlossen, Tina sah eher ängstlich aus. Sie schüttelte ihren Kopf, dann blickte sie kurz zu mir und bemerkte, dass ich sie beobachtete. Sie wurde rot und ihr Blick verfinsterte sich. Dann nickte sie Jade zu.

Ich sah sie ausdruckslos an und dachte, dass das Rot ihrer Wangen nicht besonders gut zu ihren roten Zöpfen passte.

„Meinst du, dass sie meine Tasche genommen haben?", fragte ich Poppy.

Sie stand da und musterte Tina und Jade. „Ich weiß es nicht. Sie scheinen aber auf jeden Fall etwas im Schilde zu führen."

Mein Herz fühlte sich an, als ob es ein Schlagzeugsolo in meiner Brust spielen würde. „Kannst du das denn nicht herausfinden? Du kannst Jade doch nach der Schule fragen und es mir dann verraten, oder?"

Poppy biss sich auf die Unterlippe. „Ich kann es versuchen, aber ich glaube nicht, dass sie mir etwas verraten wird. Ich habe versucht, mit ihr zu reden und ... Na ja, sie ist ziemlich sauer darüber, dass ich dir jetzt glaube. Weißt du, sie ist richtig sauer. Sie nannte mich sogar eine Verräterin."

„Oh." Ich schluckte und zog mich fertig an. Mit zitternden Fingern knöpfte ich meine Bluse zu. Dann blickte ich noch einmal hinüber zu Tina und Jade und holte tief Luft. „Also schön ... Wenn die beiden tatsächlich etwas im Schilde führen, dann werde ich das auch herausfinden, oder etwa nicht?"

„Wie ist es dir ergangen?", fragte Dr. Perrin und strahlte mich an. „Hat sich seit letzter Woche irgendetwas geändert?" Den Stift gezückt, bereit zum Schreiben.

Ich saß auf dem viel zu weichen grünen Sofa und zog den Ärmel meines Pullis über die Hand. Veränderungen? Meine Güte, wo sollte ich da nur anfangen?

„Ist denn irgendetwas vorgefallen?", hakte Dr. Perrin nach. Ihre Haare waren heller als in der Woche zuvor, als hätte sie sie frisch blondiert, und wurden wie immer von Unmengen an Haarspray in Form gehalten. Aber sie sah mich freundlich an. Sie lächelte und wartete auf meine Antwort.

Ich blickte auf und biss mir auf die Unterlippe. „Ja, irgendwie schon." Ich zögerte, sah ihren Notizblock an und plötzlich platzte es aus mir heraus: „Könnten Sie vielleicht ihren Stift mal weglegen? Und einfach nur zuhören?"

Ich konnte kaum glauben, dass ich das wirklich gesagt hatte.

Dr. Perrin wirkte zuerst ein bisschen überrascht, dann legte sie ihren Stift und ihren Notizblock ganz ruhig auf den Schreibtisch. „Weiter, Kat. Was ist passiert?"

Ich erzählte ihr alles, ganz von Anfang an. Als ich schließlich fertig war, war mein Gesicht ganz nass von den vielen Tränen. Irgendwann in der Mitte hatte ich angefangen zu weinen, und dann hatte ich überhaupt nicht mehr damit aufhören können und den Rest meiner Geschichte zwischen heftigen Schluchzern herausgepresst.

Dr. Perrin reichte mir wortlos eine Packung blassblauer Taschentücher. Ich wischte mir das Gesicht ab und putzte meine Nase. Ich fragte mich, wie oft das wohl passierte, dass ihre Patienten in Tränen ausbrachen. Vermutlich hatte sie unter ihrem Schreibtisch Dutzende von Taschentuch-Packungen gebunkert.

„Was glauben Sie denn, was ich Tina angetan haben könnte?", fragte ich sie. „Es muss etwas wirklich Schreckliches gewesen sein."

Sie dachte nach, legte die Stirn in Falten und verschränkte ihre Hände auf ihren Knien. „Kat, ich glaube nicht, dass das die wichtigste Frage ist. Natürlich ist es wichtig, dass du das alles herausfindest und einen Weg findest, diesem Mädchen gerecht zu werden. Aber du musst auch einen Weg finden, dir selbst gerecht zu werden. Das hört sich alles an, als ob es eine große Belastung für dich wäre."

Ich sah sie an und umklammerte das feuchte Taschentuch in meiner Hand. „Wie meinen Sie das?"

„Nun, so genau kann ich dir das noch nicht sagen, aber ich habe den Eindruck, dass sich einiges in dir angestaut hat und dich schon seit viel zu langer Zeit beschäftigt."

Ich senkte meinen Blick und fing an, das Taschentuch in winzige Stücke zu reißen. „Hm, was denn zum Beispiel?"

„Das ist schwer zu sagen. Es könnte zum Beispiel mit deinem Vater zu tun haben."

„Mit meinem Vater?" Mein Magen zog sich zusammen. Ich hatte ihn doch noch fast überhaupt nicht erwähnt. Es war schon wieder, als ob sie meine Gedanken lesen könnte, genau wie vorher bei diesem Traum!

Dr. Perrin nickte. „Das wäre eine Möglichkeit. Ich weiß, dass dein Vater sehr plötzlich gestorben ist, nachdem du und deine Mutter bei ihm ausgezogen wart. Es würde mich sehr überraschen, wenn das spurlos an dir vorbeigegangen wäre."

Ich zerknüllte das Taschentuch und warf es in Richtung des Mülleimers, aber ich verfehlte ihn. „Aber das wäre doch noch lange keine Entschuldigung dafür, auf Tina loszugehen und sie zu verprügeln, oder was auch immer ich ihr angetan habe!"

„Natürlich nicht", sagte sie ruhig. „Aber Menschen verhalten sich nicht immer vernünftig, wenn sie seelische Nöte haben, das musst du verstehen. Es geht darum, die Dinge zu verstehen, nicht um eine Entschuldigung."

Ich rieb meine Hände aneinander und ließ das auf mich wirken. Auf eine gewisse Weise konnte ich verstehen, was sie damit meinte, aber irgendwie klang es für mich trotzdem nach einer Entschuldigung.

Sie fuhr fort: „Vor dem Hintergrund deiner Amnesie halte ich es für sehr wahrscheinlich, dass es etwas gibt, das dich schon seit sehr langer Zeit bedrückt hat. Etwas, das mit Tina überhaupt nichts zu tun hat. Sie war möglicherweise der Auslöser, aber ich bezweifle, dass sie der eigentliche Grund dafür war."

Ich sah sie an. Meine Kehle schnürte sich zusammen. „Wie meinen Sie das?"

Dr. Perrin lächelte mich traurig an. „Das ist das Wesen einer Amnesie. Die Psyche verdrängt etwas, womit sie nicht umgehen kann. Diese Dinge verschwinden einfach in irgendwelchen Hohlräumen, bis die betreffende Person wieder stark genug ist, sie zu verarbeiten."

Ich saß auf meinem Bett, lauschte dem Violinkonzert von Bach und versuchte, die Ereignisse des Tages zu vergessen. Aber sie wollten einfach nicht aus meinem Kopf verschwinden. Irgendwann wollte ich mich einfach nur noch unter meiner Bettdecke verkriechen und nie wieder aufstehen. Wie hatte ich Tina all das nur antun können? Wie hatte ich nur ihre Geige stehlen können? Es war kein Wunder, dass sie mich hasste. Ich würde mich auch hassen.

Und jetzt hatten sie und Jade meine Katzenfigur! Ich musste schlucken. Ich war mir nicht sicher, warum diese Figur mir so viel bedeutete, aber sie tat es. Was, wenn sie sie mir nicht zurückgeben würden? Was, wenn ich sie niemals wiedersehen würde?

Ich hob Barney, den Panda, auf und streichelte sein mattes Fell. Er sah mich mit seinem einzelnen, gelben Auge an. Es sah traurig aus. „Du kannst nichts dafür", murmelte ich. Ich lehnte mich zurück an die Wand und drückte ihn an meinen Brustkorb. Aus irgendeinem Grund fühlte er sich eigenartig tröstlich an.

Das Orchester pulsierte langsam und gleichmäßig, während die Violine hinauf- und hinabstieg. Ich seufzte auf, als die Musik zu Ende war, und wollte sie gar nicht aus meinen Gedanken entlassen. Aber stattdessen musste ich an Tina denken und daran, wie sie mit geröteten Wangen im Umkleideraum gestanden und mich böse angesehen hatte.

Ich schluckte. Es musste etwas dran sein an dem, was Dr. Perrin gesagt hatte. Es war völlig ausgeschlossen, dass ich nur wegen Tina so ausgerastet war. Es musste noch einen anderen Grund dafür geben! Plötzlich setzte ich mich auf und starrte meinen Schreibtisch an. „Diese Dinge verschwinden einfach in irgendwelchen Hohlräumen ..."

Mein Herz pochte heftig. Ich legte Barney zur Seite und krabbelte vom Bett. Kurz darauf saß ich zusammengekauert auf dem Fußboden und riss alle Schubladen aus meinem Schreibtisch.

Die unterste Schublade klemmte ein bisschen, also wackelte ich so lange an ihr herum, bis ich auch sie herausbekam.

Direkt darunter befand sich ein etwa fünfzehn Zentimeter großer Zwischenraum, der von der Holzfront des Schreibtischs verdeckt wurde. Er war das perfekte Versteck! Auf dem Boden lag die CD, die mir heruntergefallen war, und ... ein Buch!

In Zeitlupe griff ich danach. Es hatte einen glänzenden, schwarzen Umschlag mit bunten Blumen darauf und blaue Seiten. Ich berührte eine der Blumen und befühlte den weichen Umschlag. Das Buch fühlte sich ziemlich schwer an.

Mein Brustkorb zog sich zusammen. Ein Teil von mir hätte es am liebsten gar nicht aufgeschlagen und wollte auf überhaupt gar keinen Fall wissen, was darin stand.

Aber ich musste es tun.

Ich lehnte mich mit dem Rücken an meinen Schreibtisch, schlug mein Tagebuch auf und begann zu lesen.

Kapitel 20

Kathy

2. März, Später

Oh Gott.

Ich fühle mich schrecklich. Ganz krank. Immerzu sehe ich in Gedanken ihr Gesicht vor mir. Und mein eigenes Gesicht im Spiegel. Ich sah so ... Nein. Ich darf gar nicht daran denken.

Als ich heute aus der Schule zurückkam, war ich tatsächlich krank. Mama sagte irgendetwas zu mir, und ich musste mich einfach übergeben, quer über den ganzen Fußboden. Ich konnte gar nicht mehr damit aufhören und es kam mir vor, als ob ich alles wieder von mir gegeben hätte, was ich jemals im Leben gegessen hatte. Dann habe ich mich ins Bett gelegt und mich unter meiner Decke verkrochen. Ich würde mich am liebsten für immer hier verstecken. Mama glaubt, ich hätte eine Lebensmittelvergiftung oder so etwas, weil ich Schüttelfrost habe und mir gleichzeitig heiß und kalt wird. Sie konnte unser Thermometer nicht finden, deswegen ist sie weggegangen, um sich bei einem unserer Nachbarn eines auszuleihen.

Vor ein paar Minuten ist sie zurückgekommen und hat meine Temperatur gemessen. Offenbar habe ich kein Fieber.

„Ist alles in Ordnung, mein Engel?", fragte sie. Sie hat mich seit Jahren nicht mehr so genannt.

Ich schüttelte meinen Kopf und fing an zu weinen. Ich kann gar nicht mehr damit aufhören. Mama sah so besorgt aus. Sie würde mich hassen, wenn sie alles wüsste. Jeder würde mich hassen. Jeder, der es nicht sowieso schon tut.

Später

Mama war gerade wieder bei mir. Sie hat mir mein Abendessen auf einem Tablett gebracht. Darauf stand eine rosafarbene Rose in einer Vase, die Richard mir auf dem Heimweg mitgebracht hat, weil ich krank bin.

Warum sind sie nur so nett zu mir? Warum nur?

Ich warte die ganze Zeit darauf, dass jemand klingelt. Tinas Vater, die Polizei oder sonst irgendjemand. Bisher war niemand da. Ich habe riesige Angst davor, und gleichzeitig denke ich, dass mir das völlig egal wäre.

Ich fühle mich richtig krank. Und ich kann mich selbst überhaupt nicht leiden.

Tinas Gesichtsausdruck ... Ich weiß noch nicht einmal mehr so ganz genau, was eigentlich passiert ist. Ich weiß nur noch, dass sie so etwas sagte wie: „Gott sei Dank! Ich dachte schon, ich würde sie niemals wiedersehen!" Und dann sagte sie noch: „Und gerade noch rechtzeitig. Papa hat sich schon gefragt, warum ich in letzter Zeit keine Duette mehr mit ihm gespielt habe."

Zu diesem Zeitpunkt hatte ich sie ihr noch nicht zurückgegeben, ich hatte sie nur aus meiner Tasche geholt. Und als sie das sagte – versteinerte ich völlig. Meine Hände wurden ganz feucht und ich hatte das Gefühl, mein Kopf würde jeden Moment explodieren. Und dann ... ist es passiert.

Ich nahm ihre Geige aus dem Koffer und schmetterte sie gegen die Waschbecken. Ich tat das so lange, bis der Korpus zerbrach, dann warf ich sie auf den Boden und trampelte darauf herum, immer und immer wieder. Und dann bin ich weggerannt. Ich weiß noch nicht einmal mehr, wie ich nach Hause gekommen bin, und kann mich kaum noch an etwas erinnern.

Ich habe Cat aus seinem Versteck geholt und halte ihn jetzt fest, aber er kann mir kaum helfen. Ich muss immerzu an diesen Abend denken. Immer und immer wieder. Und an diese schrecklichen Geräusche, die es gemacht hat. Manchmal denke ich sogar, dass Cat überhaupt nichts beweist. Papa kann mich überhaupt nicht geliebt haben. Sonst hätte er niemals tun können, was er getan hat. Das war völlig unmöglich.

Ich bin so bescheuert. Ich hätte das alles niemals aufschreiben dürfen. Es ist schrecklich, dass jetzt alles schwarz auf weiß hier steht und jeder es lesen kann. Am liebsten würde ich das alles einfach aus meinem Gedächtnis löschen und für immer vergessen, dass es überhaupt passiert ist.

Aber egal. Es macht sowieso keinen Unterschied, denn ich werde dieses Tagebuch auf keinen Fall behalten. Das habe ich gerade beschlossen. Ich werde es wegwerfen oder verbrennen oder so und mir ein neues besorgen. Ich kann es kaum erwarten.

Leere, weiße Seiten, auf denen nichts geschrieben steht.

Kapitel 21

Kat

Als Beth zu mir kam, um mir zu sagen, dass das Abendessen fertig war, saß ich noch immer auf dem Fußboden vor dem Schreibtisch und das Tagebuch lag neben mir.

„Kat?" Sie schloss schnell die Tür hinter sich und ging neben mir in die Hocke. Dann strich sie mir die Haare aus der Stirn. „Kat, was ist denn los?"

Ich sah sie an und konnte nicht aufhören zu weinen. Ich schüttelte nur meinen Kopf und lehnte mich an meine Mutter.

Sie legte ihre Arme um mich und drückte mich ganz fest.

„Liebling, was hast du denn? Was ist denn los?"

Ich versuchte, etwas zu sagen. Aber ich brachte kaum etwas heraus. „Mama ... Mama, ich habe etwas Schreckliches getan", flüsterte ich.

Ich gab ihr das Tagebuch.

Eine ganze Weile später saßen wir drei zusammen auf dem Bett in Mamas und Richards Schlafzimmer. Das Tagebuch lag neben uns. Mama wischte sich die Augen ab.

„Du hast all das durchgemacht, und ich wusste nicht das Geringste davon! Oh Kat, ich werde mir das niemals verzeihen können."

„Aber Beth, du wusstest es doch überhaupt nicht", sagte Richard und nahm ihre Hand.

„Genau darum geht es doch! Ich hätte es wissen müssen!"

Ich lehnte mich ans Kopfende und zog meine Beine an. „Was ... was ist denn passiert? Was hat mein Vater denn getan?" Die

Frage machte mir Angst. Sie war gefährlich, und ich fühlte mich, als hätte ich meine Hand in eine Schlangengrube gesteckt. Aber ich musste es einfach wissen.

Richard sah Beth an. „Soll ich gehen?", fragte er sanft.

„Nein!", antwortete ich. „Nein. Ich will, dass du dabei bist." Dann sah ich Beth wieder an. Nein ... nicht Beth. *Mama.* Das fühlte sich jetzt richtig an.

„Was ist passiert?", wiederholte ich.

Sie rieb sich die Augen. Sie waren rot und geschwollen. „Die Ärzte haben gesagt, ich soll dir die Zeit lassen, dich von alleine an alles zu erinnern, aber – oh Kat, ich werde es dir jetzt einfach erzählen. Du hast ein Recht darauf, es zu wissen."

Ich sah sie an und wartete. Mit gesenktem Blick fummelte sie an der Bettdecke herum. „Es war ... keine besonders schöne Situation, um es milde auszudrücken." Sie schluckte schwer und warf mir einen kurzen Blick zu. „Kat, dein Vater war manchmal sehr gewalttätig", sagte sie ruhig. „Er hat mich oft geschlagen. Ich glaube zwar nicht, dass er dich auch geschlagen hat, aber ... auf eine Weise hat er etwas viel Schlimmeres getan."

Ich saß wie versteinert auf dem Bett und fühlte mich, als würde ich in eine Million Einzelteile zerfallen, wenn ich mich auch nur ganz minimal bewegte. Richard nahm meine Hand und drückte sie. Er wandte seinen Blick nicht von Beth ab. Seine Augen waren warm und freundlich, aber in ihnen blitzte auch eine hilflose Wut auf, wie ich es bei Richard noch nie gesehen hatte.

Mama holte tief Luft. „Er ... er wusste nicht, dass wir vorhatten auszuziehen. Aber ich musste das tun. Ich habe lange gebraucht, den Mut dazu zu fassen, und es dann ganz schnell über die Bühne gebracht, ohne es ihm zu sagen, damit er uns nicht daran hindern konnte." Sie senkte ihren Blick. „Wir sind ausgezogen, als ich eines Nachmittags dachte, er wäre unterwegs und würde Golf spielen. Aber es hatte wohl irgendwelche Probleme mit seiner Buchung gegeben und er kam früher nach Hause. Und da war er schon in ziemlich schlechter Stimmung. Und die wurde natürlich auch nicht besser, als er sah, dass wir unsere gepackten Taschen in mein Auto einluden." Mama lachte nervös. „Ich hatte große Angst, aber ich versuchte, ihm die Stirn zu bieten. Ich sagte ihm, dass wir weggingen und dass unsere Ehe vorbei wäre. Er blieb völlig ruhig. Das hat mir am meisten Angst gemacht; dass er so ruhig blieb. Er ließ uns weiter das Auto beladen, und dann, als wir schließlich gehen wollten, dachte ich, dass wir uns noch von ihm verabschieden sollten. Ich wusste ja nicht, wann du ihn wiedersehen würdest. Und er konnte ja auch wirklich sehr, sehr nett zu dir sein. Das konnte er wirklich. Also gingen wir noch einmal hinein, und da sah ich ..." Sie hielt inne und schloss ihre Augen.

„Stopp!", sagte ich zitternd. Mir kamen Bilder in den Sinn. Sie kamen aus dem schwarzen Loch gestürmt, als wollten sie mich auffressen. „Ich ... ich kann mich erinnern."

Es hatte eine Ewigkeit gedauert, bis Mama und ich unsere Sachen zum Auto gebracht hatten. Normalerweise war Papa immer derjenige gewesen, der das Gepäck im Kofferraum verstaute und dabei alles so perfekt anordnete, dass alles wie Puzzle-Teile zusammenpasste. Aber nun hatte Mama einfach alles hineingeworfen, so schnell sie gekonnt hatte.

Immer wieder hatte sie mit großen Augen und zusammengepressten Lippen zum Haus zurückgeblickt. Ich konnte mich so gut daran erinnern. Und ich hatte ihr helfen wollen, damit alles schneller gehen, und Papas Explosion gar nicht erst stattfinden würde, aber ich hatte überhaupt nicht gewusst, was ich tun sollte. Also hatte ich nur mit verschränkten Armen auf der Straße gestanden. Ich hatte nichts gesagt und ich hatte sie auch nicht gefragt, wohin wir fahren würden. Ich hatte mich viel zu schlecht gefühlt, um zu sprechen.

Als unsere Taschen endlich alle im Auto verstaut waren, hatte Mama mich angesehen. „War das alles?", hatte sie gefragt.

Ich hatte genickt, denn ich war davon ausgegangen, dass wir alles gepackt hatten. Da hatte ich es noch nicht bemerkt.

Mama hatte zum Haus geblickt. „Hm, ich denke, wir sollten uns verabschieden", hatte sie gesagt. Ich hatte einen Zweifel in ihrer Stimme gehört, als hätte sie gehofft, ich würde so etwas sagen wie: „Nein, das sollten wir nicht tun, lass uns einfach losfahren."

Aber das hatte ich nicht getan. Plötzlich hatte ich an Papas gute

Seiten denken müssen. Ich hatte zum Haus geblickt und war mir auf einmal gar nicht mehr so sicher gewesen, ob ich überhaupt weggehen wollte. Vielleicht waren ja alle Väter so, vielleicht hatte es ja auch einfach so sein müssen. Und so schlimm war es doch eigentlich gar nicht gewesen, oder?

„Komm mit", hatte Mama gesagt und mir ihre Hand entgegengestreckt. „Es wird nicht lange dauern und dann fahren wir los. Alles wird gut."

Sie hatte auf mich gewirkt, als ob sie selbst sehr hoffte, dass sie recht hatte.

Also waren wir zurück ins Haus gegangen. Wir hatten im Wohnzimmer nachgesehen, aber Papas Sessel war leer gewesen. Der Fernseher war noch gelaufen, aber Papa war nicht mehr da gewesen.

Wir hatten beide nur mit weit aufgerissenen Augen dagestanden. Ich hatte nicht gewusst, warum es ein solcher Schock war, aber es hatte sich tatsächlich sehr, sehr schlimm angefühlt, geradezu verhängnisvoll und bedrohlich. Gerade hatte ich sagen wollen: „Wir müssen uns nicht unbedingt verabschieden, lass uns einfach verschwinden!" Da war Papa plötzlich im Flur aufgetaucht.

„Du hast etwas vergessen", hatte er gesagt und meinen Geigenkoffer hochgehalten.

Mama war blass geworden. „Du hast doch gesagt, du hättest alles eingepackt!", hatte sie mich angezischt.

Ich hatte mich nicht bewegen und auch nichts sagen können. Denn natürlich hatte ich meine Geige eingepackt! Ich hätte sie niemals vergessen, unter keinen Umständen! Papa musste meine Sachen am Abend zuvor gefunden haben. Er musste gewusst haben, was Mama vorgehabt hatte.

„Du brauchst nicht im Traum daran zu denken, sie mitzunehmen", hatte Papa gesagt. Er hatte sie aus ihrem Koffer geholt, mit dem Finger über die Saiten gestrichen und ein paar Akkorde gezupft. „Schließlich habe ich sie ja bezahlt, oder etwa nicht? Ich habe ja auch deinen ganzen anderen Müll bezahlt. Von mir aus kannst du das andere Zeug gerne mitnehmen, was soll's? Aber die Geige nimmst du nicht mit!"

Mama hatte mich angesehen. Sie hatte offenbar große Angst

davor gehabt, dass ich ihm eine Szene machen und ihn um meine Geige anbetteln würde.

„Kathy, ich besorge dir eine neue Geige", hatte sie gesagt. „Das ist schon in Ordnung so, glaub mir."

Ich hatte genickt und meine Geige in Papas Händen angestarrt. Er hatte sie lässig hin und her geschwungen, als ob er einen Tennisschläger in der Hand gehabt hätte. Ich wollte weinen, aber ich hatte die Tränen unterdrückt. Diese Genugtuung hatte ich ihm nicht gegönnt.

Er hatte mich angesehen und gelächelt. „Willst du deinem Papa nicht Lebwohl sagen, Kathy?"

„Lebwohl", hatte ich geflüstert. In Wahrheit war es meine Geige gewesen, der ich Lebwohl gesagt hatte, nicht ihm. Ich hatte sie nicht aus den Augen gelassen, während er sie in den Händen gehalten hatte. Was hatte er nur mit ihr vorgehabt? Wollte er sie verkaufen? Oder wegwerfen?

„Lebwohl", hatte er mich nachgeäfft. „War das etwa alles? Der große Abschied? Komm schon, Liebling! Willst du deinem alten Vater denn keinen Kuss geben?"

Ich hatte gezögert und Mama angesehen. Ich hatte Angst gehabt, dass er mich festhalten würde oder so etwas, wenn ich in seine Nähe kam, und ich hatte Mama ganz deutlich ansehen können, dass sie genau dieselbe Befürchtung hatte. „Nein, wir müssen jetzt gehen", hatte sie laut gesagt. „Über Besuche und alles weitere reden wir dann später, in Ordnung?"

Mir war klar gewesen, dass sie versucht hatte, in diesem Moment stark und emanzipiert zu klingen, aber dieses „In Ordnung?" am Ende hatte gezeigt, worum es wirklich gegangen war: Sie hatte ihn angefleht, uns gehen zu lassen. Dabei hatte er uns überhaupt nicht festgehalten. Er hatte uns noch nicht einmal berührt. Meine Güte, wir hatten fast zehn Meter von ihm entfernt gestanden! Und doch hatten wir offenbar seine Erlaubnis gebraucht, um gehen zu können. Ohne sie waren wir völlig hilflos gewesen.

Plötzlich hatte Papa einen bösen Gesichtsausdruck bekommen. Er hatte drohend mit der Geige auf uns gezeigt und ich war zusammengezuckt. „Meinetwegen, dann geht doch einfach!", hatte er geschrien. „Los, verschwindet!"

„Komm schon, Kathy, beeil dich", hatte Mama gesagt. Sie hatte mich am Arm gepackt, und ich war hinter ihr hergestolpert.

„Warte, Kathy! Nur einen Moment!" Seine Stimme hatte plötzlich flehend geklungen, und ich hatte mich entgegen allen inneren Widerständen noch einmal zu ihm umgedreht. Mama war im Türrahmen stehengeblieben und hatte mich beobachtet. Und dann war es passiert.

Papa hatte nach hinten ausgeholt und meine Geige an die Wand geschmettert.

Ich war so heftig zusammengezuckt, dass ich fast das Gleichgewicht verloren hätte. Dann hatte ich wie versteinert dagestanden und meinen Blick nicht mehr abwenden können. Er hatte Mama in die Augen gesehen und die Geige immer und immer wieder an die Wand geschmettert, bis sie schließlich völlig zerstört war. Dann hatte er sie auf den Boden geworfen und war so lange auf ihr herumgetrampelt.

Schließlich hatte er Mama noch einmal einen bösen Blick zugeworfen und die Geige in unsere Richtung gekickt. Sie war über den Fußboden geschrammt und ans Sofa geknallt.

„Also schön", hatte er gesagt. „Dann verschwindet doch. Auf Nimmerwiedersehen!"

Dann waren wir losgefahren.

Mama hatte sich die Augen abgewischt und gesagt: „Kathy, mach dir keine Sorgen, Liebling. Ich kaufe dir eine neue Geige, okay? Es wird alles gut, das verspreche ich dir."

„Okay", hatte ich geantwortet.

Aber mir war klar gewesen, dass ich nie wieder eine Geige besitzen wollte.

Richard machte uns heiße Schokolade mit Sahne, und wir saßen im Schneidersitz auf dem Bett und tranken sie. Irgendwie half sie. Nicht viel, aber wenigstens ein bisschen. Vielleicht half Schokolade ja immer. Ich schlürfte meine ganz langsam und genoss das süßliche Aroma.

Jetzt, wo ein Teil meiner Erinnerung zurückgekehrt war, wünschte ich mir nichts sehnlicher, als dass sie sofort wieder verschwinden und wieder zurück in das Loch kriechen würde, aus dem sie gekommen war. Sonst war nichts zurückgekehrt, nur dieser eine Ausschnitt. Der schlimmste von allen. Das musste wohl so sein.

Aber da war immer noch etwas, das ich unbedingt wissen musste. Ich senkte meinen Blick auf das Tagbuch, räusperte mich und sagte: „Warum ... warum hast du mir nicht erlaubt, Papa zu besuchen? Vor seinem Tod?"

Mama seufzte. „Weil er nicht wusste, wo wir waren, und ich wollte verhindern, dass er es herausfand. Eigentlich hätten wir nur über unsere Rechtsanwälte miteinander kommunizieren sollen, aber irgendwie hat er unsere neue Telefonnummer herausgefunden und wurde ziemlich unangenehm. Er hat ständig angerufen und mich beschimpft. Er hat gesagt, dass er dich mir wegnehmen und dafür sorgen würde, dass ich dich niemals wiedersehen würde. Und ich habe ihm das geglaubt. Zumindest habe ich geglaubt, dass er es versuchen würde. Ich konnte das einfach nicht riskieren, Kat. Ich konnte einfach nicht."

„Du hättest mir das aber sagen können", flüsterte ich. Eine weitere Erinnerung kam zurück. Es war nur ein Bruchstück, aber ich wusste plötzlich wieder sehr genau, wie wütend es mich gemacht hatte und wie frustriert ich gewesen war, dass sie mir verboten hatte, ihn zu besuchen. Denn das hatte ich trotz allem unbedingt gewollt! Ich hatte gewusst, dass ihm das alles schrecklich leidgetan hätte und dass er sich gerne dafür entschuldigt hätte. Und ich hätte es wirklich gebraucht, das von ihm zu hören. Sehr sogar.

„Du hast recht", sagte Mama. Sie atmete tief durch. „Ich denke, dass ich dich beschützen wollte, aber ... du hast wohl recht. Und plötzlich hatte er noch vor der Scheidung diesen Herzinfarkt und ..."

„Dann war es zu spät", beendete ich ihren Satz. Der Kloß in meinem Hals wurde immer größer.

Mama nickte. „Ja, dann war es zu spät", wiederholte sie. „Und du musstest damit leben, dass er dir etwas Schreckliches angetan hat, als du ihn zum letzten Mal gesehen hast." Sie rührte ihre Sahne ganz langsam in die Schokolade ein und beobachtete, wie sie sich allmählich auflöste. „Ich glaube, ganz tief in mir habe ich schon immer gewusst, warum du mit dem Geigespielen aufgehört hast", sagte sie ruhig. „Aber ich wollte es einfach nicht wahrhaben. Du hattest so viel durchgemacht, und ich hatte das Gefühl, alles falsch gemacht zu haben. Und nachdem wir dann hierhergezogen waren und du an der neuen Schule warst, hattest du neue Freundinnen, und ich hatte überhaupt nicht den Eindruck, dass dir das Geigespielen gefehlt hat. Das hört sich jetzt alles so lächerlich an, aber damals war es wohl für mich leichter, mir einzureden, du hättest einfach nur das Interesse daran verloren."

„Hör auf, dir Vorwürfe zu machen", sagte Richard und nahm ihre Hand.

„Oh doch, das tue ich", erwiderte Mama traurig. „Aber das Einzige, worum es jetzt geht, bist du, Kat. Wie fühlst du dich denn?"

Niedergeschlagen. Verwirrt. Als wäre ich gerade von einem Güterzug überfahren worden.

Ich zuckte mit den Schultern. „Keine Ahnung."

Richard räusperte sich und sagte: „Ich glaube nicht, dass dein Vater dich damit gemeint hat, Kat, so blöd sich das jetzt auch anhören mag. Ich bin mir sicher, dass er damit deine Mutter treffen wollte. Es war so etwas wie eine Machtdemonstration. Er hat versucht, sie zu maßregeln. Ich bin mir absolut sicher, dass er dich sehr geliebt hat."

Ich nickte zurückhaltend und gab mir alle Mühe, die Tränen zurückzuhalten. „Ich ... ich kann nur einfach nicht glauben, dass ich Tina genau dasselbe angetan habe", flüsterte ich. „Mama, wie konnte ich das nur tun?"

Sie stellte ihre heiße Schokolade hin und nahm meine Hände ganz fest in ihre. „Kat, mach dir keine Sorgen. Ich werde ihren Vater anrufen und wir werden das schon irgendwie wieder zurechtbiegen. Ganz bestimmt."

Ich atmete tief durch. „Nein. Das muss ich selbst machen. Ich habe ihr das angetan und jetzt ist es auch meine Aufgabe, dafür geradezustehen."

Mama schüttelte ihren Kopf. „Kat, du kannst das doch nicht alleine machen. Du musst dir dabei helfen lassen."

„Aber *du* hast ihr das nicht angetan!", rief ich. Die heiße Schokolade, die inzwischen ziemlich kalt war, machte einen Satz in der Tasse, als ich sie zurück aufs Tablett stellte. „*Ich* bin das gewesen! Ich kann mich nicht hinter dir verstecken, ich muss das selbst wieder in Ordnung bringen!"

Mama und Richard sahen einander an. Mama wollte etwas sagen, doch dann hielt sie inne.

„Lasst es mich versuchen", bettelte ich. „Lasst es mich wenigstens versuchen, okay?"

„Also gut", sagte Mama schließlich. „Aber du musst unbedingt mit mir sprechen, Kat! Ich muss wissen, was passiert, in Ordnung? Und morgen nach der Schule werde ich trotzdem bei ihrem Vater anrufen müssen."

„In Ordnung", stimmte ich zaghaft zu. Ich bekam ein schlechtes Gewissen. Ich hatte ihr nicht das Geringste von dem, wie es mir in der Schule ergangen war, erzählt. Und mir war absolut klar, dass ich das auch nicht tun würde.

Das war ganz alleine meine Angelegenheit, ganz egal, wie sehr ich mich auch fürchtete.

Es war schon fast Mitternacht, als mein Handy piepte und mir eine neue SMS anzeigte.

Morgen Früh vor der Schule, auf dem Mädchenklo an der Kantine. Wir wollen mit dir reden.

Als ich am nächsten Morgen zur Schule kam, wartete Poppy im Hof auf mich. Ich zeigte ihr die Nachricht von Jade, und sie verzog das Gesicht. „Nicht gut. Sie und Tina führen definitiv etwas im Schilde!"

Ach, wirklich? Aber das war jetzt nicht das Entscheidende.

Ich steckte mein Handy zurück in meine Manteltasche und meine Finger berührten das Kartenspiel. Im ersten Moment wusste ich überhaupt nicht mehr, wie es dorthin gekommen war, doch dann fiel mir ein, dass ich sie am Tag zuvor eingepackt hatte für den Fall, dass ich wieder eine Ewigkeit im Wartezimmer bei Dr. Perrin sitzen müsste. Nun kam es mir völlig deplatziert vor – wie bunte Geburtstags-Luftballons in einer Folterkammer.

Ich sah Poppy an und versuchte zu lächeln. „Es ist besser, wenn ich jetzt mal losgehe."

„Möchtest du, dass ich mitkomme?", fragte sie mit besorgtem Gesichtsausdruck.

Ich schüttelte meinen Kopf und umklammerte den Griff der Plastiktüte, die ich in der Hand hielt, etwas fester. „Nein. Ich erzähle dir dann später, wie es gelaufen ist."

„Aber Kat! Bist du dir da auch wirklich sicher? Ich könnte dir doch vielleicht helfen, wenn ..."

„Nein!", zischte ich und umklammerte den Griff meiner Tragetasche so fest, dass meine Hand schmerzte. Dann holte ich tief Luft. „Nein, tut mir leid, okay? Ich muss jetzt gehen."

Als ich zur Mädchentoilette kam, warteten Tina und Jade bereits auf mich. Jade lehnte mit verschränkten Armen an einem der Waschbecken. Auf der Sitzbank neben ihr stand meine Schultasche. Tina stand am Fenster. Auch sie hatte die Arme verschränkt.

Jade straffte die Schultern, als sie mich sah. „Ich hätte nicht gedacht, dass du kommen würdest."

Ich blickte hinüber zu Tina. „Das musste ich aber. Ich ... Tina, hör mir zu. Es tut mir so leid! Ich weiß jetzt, was ich getan habe, und ich weiß selbst nicht, wie ich das tun konnte. Es tut mir wirklich von ganzem Herzen leid."

Tinas Wangen röteten sich. „Oh. Du kannst dich also jetzt wieder erinnern?"

Auch ich wurde rot. „Nein, nicht wirklich ... Ich ..."

„Nein, du wolltest bloß das hier wiederhaben", unterbrach mich Jade. Sie griff in meine Tasche und holte die Katzenfigur heraus. Dann nahm sie sie von einer Hand in die andere und beobachtete mich.

„Das ist nicht der Grund", entgegnete ich. Aber mir wurde abwechselnd heiß und kalt und ich konnte meinen Blick nicht von der Figur abwenden. Ich sah meinen Vater vor mir, wie er meine Geige hin und her schwenkte. Und plötzlich kam noch eine weitere Erinnerung zurück.

Cat. Papa hatte mir Cat geschenkt. Aus seiner Sammlung antiker ägyptischer Gegenstände. Er war ein echtes Relikt und viele tausend Jahre alt. Und er hatte einen Haufen Geld gekostet. Aber Papa hatte gewusst, wie sehr ich ihn liebte, und eines Tages hatte er ihn mir einfach so geschenkt. Ich hatte ihn noch nicht einmal darum gebeten. Da war mir klar geworden, wie sehr er mich geliebt haben musste, auch wenn er sich manchmal so schlimm benahm. Er musste einfach.

Ich schluckte. „Du hast also meine Tasche gestohlen", sagte ich zu Jade.

Sie zog eine ihrer schwarzen Augenbrauen hoch und sah mich gleichgültig an. „Genau genommen kann man das so nicht sagen."

„Nein, ich war das", gab Tina zu. „Ich wollte das eigentlich gar nicht. Es ist einfach passiert."

„Sie wollte sie dir zurückgeben", sagte Jade und schlug ihre Beine übereinander. „Aber ich habe es ihr ausgeredet."

„Und warum?", flüsterte ich.

„Weil es genau dasselbe ist, das du mir angetan hast, nicht wahr?" Tinas Stimme zitterte. „Das ist nur fair. Mach schon, Jade."

„Also gut, dann." Jade hielt Cat am Kopf hoch und ließ ihn hin und her baumeln. „Offenbar haben wir hier etwas, das Kathy ganz besonders wichtig ist, sonst hätte sie es vermutlich nicht so sorgfältig eingepackt. Nein, warte mal – gehört es dir denn überhaupt?", sagte sie spöttisch zu mir. „Oder hast du das auch gestohlen?"

„Es gehört mir", flüsterte ich und sah Cat an, der zwischen ihren Fingern über dem harten, gefliesten Boden hing. Ich wollte mit Tina sprechen und ihr noch einmal sagen, wie leid mir das alles tat. Doch ich brachte kein Wort mehr heraus.

Jade nickte. „Weißt du jetzt, wie es sich anfühlt, wenn man Angst um etwas hat?" Sie hielt Cat so hoch über ihren Kopf, wie sie nur konnte. Und dann ließ sie ihn fallen. Ich hielt die Luft an, als sie ihn mit der anderen Hand wieder auffing.

Oh nein, bitte nicht Cat, dachte ich. Er ist doch das Einzige, das ich von meinem Vater noch habe ...

Jade lachte. „Und? Das fühlt sich nicht so gut an, oder? Mal sehen, was ich als Nächstes mache ...?"

„Nein! Tina, warte ... Ich habe das hier gefunden."

Ich ging zu meiner Tasche und holte mein Tagebuch heraus. Sein glänzend schwarzer Umschlag glitzerte im Neonlicht.

„Ich möchte, dass du das hier liest", sagte ich zu ihr. „Es ist keine Entschuldigung für das, was ich getan habe, aber vielleicht kannst du es ja dann ein bisschen besser verstehen." Die Worte kamen mir bekannt vor und ich fragte mich, wo ich sie schon einmal gehört hatte. Dann fiel es mir ein. Bei Dr. Perrin.

Tina runzelte die Stirn, nahm das Tagebuch zögerlich an sich und musterte es.

Ich schluckte und suchte nach den richtigen Worten. „Ich glaube, ich konnte dich wirklich gut leiden, Tina. Aber Jade hatte recht. Ich war eifersüchtig." Ich blickte zu Jade, die noch immer am Waschbecken lehnte. Sie sah mich mit gerunzelter Stirn an. „Ich war eifersüchtig und kam damit nicht klar. Ich habe mich völlig falsch verhalten ... und es tut mir leid."

Tina stand völlig regungslos da und blickte hinunter auf mein Tagebuch, als ob sie versuchte, ihre Gefühle zu unterdrücken.

„Ja, aber das reicht vielleicht nicht", sagte Jade ganz ruhig. „Du denkst, du kannst einfach sagen, dass es dir leidtut, und dann war es das? Hier, Tina, das ist deine Entscheidung."

Sie warf Cat in Tinas Richtung. Tina blickte auf und fing ihn etwas unsicher.

Ich versteinerte.

Tina sah mich mit großen, unsicheren Augen an. Dann warf sie mein Tagebuch auf den Boden. Es schlug mit einem dumpfen Geräusch auf und lag dann aufgeschlagen und völlig nutzlos auf den Fliesen. Dann sah Tina mich mit bohrendem Blick an und hielt Cat mit ganz ruhiger Hand hoch. „So, Kathy, jetzt bekommst du genau das, was du verdient hast!"

Mir wurde gleichzeitig heiß und kalt. „Dann tu es doch", sagte ich leise. „Zerschmettere ihn."

Das überraschte sie offenbar. „Dann bedeutet er dir wohl doch nicht so viel."

„Da täuschst du dich", erwiderte ich. Meine Stimme zitterte, und ich musste schlucken. „Sehr sogar. Er ist das Einzige, was ich von meinem Vater noch habe. Aber ..." Ich blickte zu Jade. Sie stand wie versteinert da und starrte mich an. Dann richtete ich meinen Blick wieder auf Tina und drückte meinen Rücken durch. „Zerschmettere ihn!", sagte ich.

Sie bewegte sich nicht.

„Zerschmettere ihn!", rief ich. „Das wolltest du doch tun, dann mach es jetzt einfach!"

„Von mir aus!", schrie sie zurück. Sie holte aus und warf Cat an die Wand.

„Nein!"

Eine Sekunde lang dachte ich, ich wäre diejenige gewesen, die Nein gerufen hatte. Aber es war Jade gewesen. Sie hatte einen Satz in Richtung der Wand gemacht und Cat aufgefangen, bevor er aufgeschlagen war.

Ich schnappte nach Luft und gab mir alle Mühe, meine Tränen zurückzuhalten.

Tina hielt sich eine Hand vor die Augen. Ihre Schultern zitterten.

„Hier." Jade verzog das Gesicht und warf mir Cat zu. „Nimm ihn. Wir hatten eigentlich nicht vor, ihn wirklich kaputt zu machen." Dann drehte sie sich zu Tina um. „Du solltest es doch nicht wirklich tun! Wir wollten ihr doch nur Angst einjagen, hast du das etwa vergessen?"

Tina schob sich weinend an Jade vorbei und rannte genau in dem Moment, als es zum ersten Mal klingelte, nach draußen.

Ich musterte Jade. „Danke", sagte ich leise und umklammerte Cat.

Sie drehte sich schnell weg und sah aus, als ob sie den Tränen nahe wäre. „Vergiss es! Vergiss es einfach ganz schnell wieder!"

Ich wollte noch etwas sagen, doch dann hielt ich inne. Ich würde später noch genug Zeit haben, mich mit Jade zu unterhalten. Ich steckte Cat in meine Hosentasche, hob mein Tagebuch auf und rannte so schnell ich konnte hinter Tina her.

Tina sprintete durch den Flur, dass ihre roten Zöpfe nur so hin und her flogen. Ich hastete hinter ihr her und bahnte mir meinen Weg zwischen all den schwarzen Uniformen hindurch. „Hey, pass doch auf, wo du hinläufst!", zischte jemand.

Sie rannte direkt zur Eingangstür hinaus. Ich folgte ihr und ignorierte die Sekretärin am Eingang, die aufstand und rief: „Hey, ihr beiden! Kommt zurück! Ihr habt keine Erlaubnis, das Schulgelände zu verlassen!" Ihre Stimme wurde hinter mir immer leiser, während ich die Treppen hinunterrannte.

Als wir das Schulgelände hinter uns gelassen hatten, wurde Tina etwas langsamer und marschierte nun mit strammen Schritten und verschränkten Armen weiter. Auch ich verlangsamte mein Tempo. Dann blieb sie plötzlich stehen und warf mir über ihre Schulter einen Blick zu. „Was willst du denn? Kannst du mich nicht einfach in Ruhe lassen?"

Mit schnellen Schritten schloss ich zu ihr auf. „Ich lasse dich in Ruhe, wenn du das möchtest", gab ich zurück. „Aber ich will, dass du das hier bekommst." Ich hielt ihr noch einmal mein Tagebuch entgegen. „Du musst es noch nicht einmal unbedingt lesen. Von mir aus kannst du es auch einfach verbrennen. Aber nimm es bitte."

Sie zögerte ziemlich lange. Schließlich nahm sie es und drückte es an ihren Brustkorb. Dann schossen ihr Tränen in die Augen. „Du ... hattest wirklich eine Amnesie, oder?", flüsterte sie. „Du hast das nicht nur vorgetäuscht."

Ich nickte und fühlte mich plötzlich ganz erschöpft. Am liebsten hätte ich mich an Ort und Stelle auf den Gehweg gelegt und wäre eine ganze Woche lang nicht mehr aufgestanden. „Ja, ich hatte wirklich eine Amnesie. Die habe ich auch immer noch. Ich konnte mich an ein paar Sachen erinnern, aber ..." Ich hielt inne, denn ich wollte nicht schon wieder an meinen Vater denken. Ich wusste, dass ich das irgendwann würde tun müssen. Aber nicht jetzt.

Ich umfasste meine Ellbogen. „Warum hast du deinem Vater nicht gesagt, was ich getan habe?", fragte ich. „Oder Mrs Boucher? Oder sonst jemandem?"

Tina verzog ein bisschen ihr Gesicht. Dann senkte sie ihren Blick auf mein Tagebuch. „Ich ... wollte nicht, dass mein Vater es erfährt. Die Geige gehörte seinem Vater. Er hätte sich fürchterlich aufgeregt, das kannst du dir gar nicht vorstellen. Also habe ich ihm gesagt, sie wäre gestohlen worden, und das war schon schlimm genug."

Ich holte tief Luft. „Hör mal, Tina ... Ich habe meiner Mutter gesagt, was ich getan habe. Sie will deinen Vater heute Abend anrufen und mit ihm darüber sprechen. Er wird also herausfinden, was wirklich passiert ist. Es tut mir wirklich leid. Ich kann versuchen, sie davon abzuhalten, wenn du das möchtest, aber ich glaube kaum, dass mir das gelingen wird."

Sie schluckte schwer und schwieg eine ganze Weile lang. „Schon in Ordnung", sagte sie schließlich. „Ich glaube, er hat sowieso gemerkt, dass irgendetwas an der Geschichte nicht gestimmt hat."

Dann entstand eine lange Pause.

Tina warf einen Blick zurück zur Schule, dann sah sie mich wieder an. „Hast du Lust, blau zu machen?"

Das war vermutlich so ziemlich das Allerletzte, das ich von ihr erwartet hätte. Ich sah sie erstaunt an. „Zusammen?"

Ihre Augen waren ganz hellblau und klar, als wären sie kleine Stückchen des Himmels. Sie zuckte mit den Schultern. „Na ja, irgendwie habe ich heute keine Lust, in die Schule zu gehen. Du etwa?"

„Nein, aber ... Was ist denn, wenn uns jemand erwischt? Die Polizei oder so?"

Sie lächelte plötzlich. „Na und? Ich wollte schon immer mal verhaftet werden."

Wir gingen etwa einen Kilometer zu Fuß in die Stadt, ohne viel zu sagen. Und als wir dort waren, machten wir auch nicht besonders viel. Wir kauften uns nur ein paar belegte Brötchen, sahen uns in ein paar Läden um und probierten ein paar Klamotten an. Ich warf einen Blick in den Spiegel und sah ein Mädchen mit lockigen, dunklen Haaren, das nun keine Fremde mehr war. Und dem es gut gehen würde.

„Die haben hier nichts für mich", sagte Tina und hängte einen schwarzen Minirock zurück auf die Stange. „Lass uns woanders hingehen."

Dann schlenderten wir zusammen durch den Rest der Innenstadt, bis wir gegenüber der Bücherei schließlich an einem Musikgeschäft vorbeikamen. Tina blieb vor dem Schaufenster stehen und sah mich an. „Möchtest du hineingehen?"

Ich nickte zaghaft und betrachtete die glänzenden Saxophone im Schaufenster. „Klar."

Die Geigen waren ganz hinten. Wir begutachteten sie, ohne etwas zu sagen, doch ich wusste, dass es Tina genauso ging wie mir und dass der Glanz der edlen Hölzer sie genauso faszinierte wie mich.

Ein Mann mit schwarzem Schnurrbart kam zu uns und musterte etwas kritisch unsere Schuluniformen. „Spielt ihr beiden denn?"

Tina nickte eifrig, während ich meinen Kopf schüttelte. Sie sah mich missbilligend an. „Allerdings spielst du!", sagte sie. „Du bist unendlich viel besser als ich."

Meine Wangen wurden rot. „Nein, das war früher! Ich kann gar nicht mehr richtig spielen."

Der Mann nahm eine seiner Geigen in die Hand. „So, es ist also schon eine Weile her? Keine Sorge, das kommt ganz schnell zurück. Hier, warum versuchst du es denn nicht einfach einmal?"

Ich nahm die Geige, obwohl ich noch nicht einmal mehr wusste, wie ich sie eigentlich halten sollte. Sie war viel schwerer, als ich es erwartet hatte.

Tina half mir und legte meine Finger richtig um den Bogen. „Los geht's!", sagte sie.

Ich kam mir zwar total bescheuert vor, aber ich stand auf und strich mit dem Bogen über die Saiten. Ein Geräusch wie von einer schreienden Katze breitete sich im Laden aus.

Wir sahen einander an und mussten lachen. „Okay, du hattest recht", sagte sie. „Das war wohl keine so gute Idee."

„Trotzdem vielen Dank", sagte ich zu dem Mann und gab ihm die Geige zurück. Er schniefte und stellte sie so behutsam und präzise auf ihren Ständer zurück, dass man hätte meinen können, wir hätten sie vollständig entweiht.

Wir kauften uns ein paar Sandwichs und eine Tüte Chips zum Mittagessen und setzten uns auf eine Bank in einem kleinen Park. Tina zog ihre Beine an und blickte in den Himmel.

„Das ist schön", sagte sie.

„Ja." Ich sah hinauf in die Wolken und musste an das denken, was Nana gesagt hatte. Ich konnte die Welt nun mit ganz neuen Augen sehen. Wenn ich mein Gedächtnis zurückerlangte, würde ich dann überhaupt noch erkennen, wie herrlich der Himmel war? Oder würde ich das dann gar nicht mehr bemerken, weil es mir ganz normal vorkäme?

Ich konnte mir gar nicht vorstellen, dass das jemals der Fall sein würde. Wirklich nicht.

Ich ließ meinen Kopf nach hinten über die Lehne der Bank hängen und dachte an Kathy. An die Person, die ich einmal gewesen war. Ich hatte jetzt das Gefühl, zu wissen, wer sie war.

Ein paar Dinge, die sie getan hatte, mochte ich nicht besonders. Aber ich hasste sie nicht. Ich könnte sie niemals hassen.

Eigentlich fand ich sogar, dass sie ganz in Ordnung gewesen war.

Ich berührte meine Narbe und fuhr mit meinen Fingern darüber. Und plötzlich wurde mir klar, dass es mir leidtun würde, wenn sie vollständig verschwand. Auch wenn es sich komisch anhörte, aber irgendwie war sie meine letzte Verbindung zu Kathy.

Aber das stimmte ja überhaupt nicht, oder? Ich griff in die Chipstüte und musste daran denken, wie der Bogen sich in meiner Hand angefühlt hatte. Ich musste lächeln. Vielleicht würde ich ja doch noch auf Mamas Angebot zurückkommen.

Ich aß mein Sandwich auf und steckte meine Hände in die Hosentaschen. Ich spürte Cat, der dort sicher und geborgen war. Und mit einem Mal wurde mir klar, dass ich ihn von jetzt an nicht mehr verstecken würde. Mama konnte mich ja danach fragen, wenn sie das wollte, und auch das wäre völlig in Ordnung.

Plötzlich berührten meine Finger etwas Rechteckiges und Glattes. Ich runzelte einen Moment lang die Stirn, doch dann fiel mir das Kartenspiel wieder ein, das ich mitgenommen hatte. Ich musste grinsen und dachte an Richard. Ich holte die Karten heraus und mischte sie.

„Hier", sagte ich zu Tina und hielt sie ihr entgegen. „Such dir eine Karte aus. Irgendeine."

Dieses Buch wurde herausgegeben von

GIRL:IT

Wenn du noch kein GIRL:IT-Girl
bist, kannst du dich unter

www.girlit.de

anmelden!